Roland Lang

Kalter Brand

Zu diesem Buch

Anfangs waren es ganz normale Sommerferien im heimatlichen Schwarzwald: Hauptkommissar Reiche und Doris wanderten auf den Kandel und erlebten Urlaub auf dem Bauernhof.
Aber dann, als Paul Reiche schon wieder zu Hause war und der Bauernhof vergessen, kam alles anders: plötzlich wurden die Menschen, mit denen er eben noch zusammen gewesen war, zu Verdächtigen.
Hatte einer oder eine von ihnen Leo Wielandt auf dem Gewissen, die graue Eminenz des Dorfes?
Hatte ein politischer Gegner dem Platzhirsch Wielandt eine Falle gestellt?
Oder war die kalte Feindschaft zwischen den beiden größten Höfen des Ortes in offene Gewalt umgeschlagen?
Was suchte der Großbauer am Wochenende in einem halbfertigen Neubau?
Es gibt viele Verdächtige, ausreichend Motive, dünne Alibis – doch alle Hinweise verlieren sich letzten Endes im Nichts.
Die Kommissare Reiche und von Barden verfolgen Spuren bis in die USA. Selbst Gedichte des Barock bekommen plötzlich Bedeutung.
Schließlich nimmt durch einen Zufall die Ermittlung eine überraschende Wende.

Der Autor

Roland Lang, Jahrgang 1942, veröffentlichte Romane, Erzählungen und Features. Für Rundfunk und Fernsehen schrieb er Hörspiele und Drehbücher. Zahlreiche Preise, u.a. das Villa Massimo Stipendium.
Im G. Braun Buchverlag erschienen von ihm die Fallers-Romane, die Schwarzwald-Krimis »Mord im Hirsch« und »Tod eines Kuckucks« sowie der 68er-Roman »Ein Hai in der Suppe«.

Roland Lang

Kalter Brand

Ein Schwarzwaldkrimi

G. Braun Buchverlag

IN MEMORIAM
Angelika

1

Doris hatte Recht. Er musste wieder einmal raus. Eine Woche Urlaub würde ihm gut tun. Es hatten sich ohnehin jede Menge Überstunden angesammelt. Und im Kommissariat ging es zur Zeit ruhig zu. Wenn nicht jetzt Urlaub machen, fragte sich Hauptkommissar Paul Reiche, wann dann?

Silberchen Fleig, die Sekretärin, hatte ihnen einen Bauernhof empfohlen, der nicht zu nah, aber auch nicht zu weit weg war. Sie hatte selbst dort vor einem Jahr mit ihrem Mann Urlaub gemacht.

Als Reiche und Doris bei strahlendem Hochsommerwetter Donnerstagnachmittag ankamen, lag der Hof wie ausgestorben. Der Wielandthof war ein Bauernhof, der offenbar vor Jahrzehnten neu erstellt worden war, dessen Aussehen sich aber immer noch an seinem wahrscheinlich Jahrhunderte alten Vorgänger orientierte: mit einem weit heruntergezogenen Dach und einer Auffahrt an der Schmalseite, der natürlichen Brücke zur Tenne unterm Dach. Das Stallgebäude stand schon separat: ein kastenförmiger Neubau mit einer Solaranlage auf dem Dach.

Alles andere war Reiche, der selbst von einem Bauernhof stammte, vertraut: die alte Scheune, in der ein roter Schlepper mit hochgeklapptem Bügel stand, der Geräteschuppen mit Schwader, das Fahrsilo am Rande des Hofes, die gusseiserne Pumpe im Hof mit dem blumenbepflanzten Steintrog, das mit Moos bewachsene Backhäuschen, das sich unter einer mächtigen Winterlinde duckte.

Die Kühe waren auf der Weide. Da auch die Wielandts, wie die meisten Bauern, keine Hühner mehr hielten, war nicht einmal ein Gackern zu hören. Aber dann kamen Geräusche aus dem Leibgedinghäuschen, in dem sich, wie sie wussten, die Ferienwohnungen befanden. Die Tür wurde aufgestoßen und ein etwa vierjähriges Mädchen rannte aus dem Haus und rief »Fang mich doch!« Auf der Schwelle erschien ein Junge mit Papphelm, in der Hand schwang er ein Plastikschwert und tönte mit schriller Kinderstimme: »Du kannst mein Pferd sein, wenn du willst.«

Anna Wielandt, die Bäuerin, die ihnen schließlich im oberen Stock des Leibgedinghauses ihre Zimmer zeigte, war eine kleine, drahtige Person. Man sah ihr an, dass sie sich viel an der frischen Luft aufhielt. Ihre weißen Haare verrieten, dass sie einiges über sechzig sein musste. Sie trug ein dunkel geblümtes Kleid, das eng am Hals anlag und wohl ihren Kropf einigermaßen verdecken sollte. Mit energischen Schritten ging sie vor Reiche und Doris die Treppen hinauf, wobei sie ihre Gäste über die Belegung im Parterre informierte: ein Ehepaar mit zwei Kindern, das am Sonntag wieder abreisen werde.

Die Ferienwohnung, die sich über die ganze Etage erstreckte, war bieder, aber bequem eingerichtet: ein Wohn-Schlafzimmer mit einem hohen, zweigeteilten Bett, Sesseln aus den siebziger Jahren und einer Gästecouch; in der kleinen Küche gab es viel Resopal und einen schon betagten, dunkel vor sich hin brummenden Kühlschrank. Auf dem letzten technischen Stand war das Bad mit einer großen Duschecke und zwei karottenroten Waschbecken.

Zwei Fenster erhellten die Wohnung: das eine in der Küche zeigte zum Hof; das im Wohnzimmer auf die Rückseite des Hauses. Hier, direkt unter dem Fenster, befand sich der Bauerngarten mit Kräuter- und Blumenbeeten, Himbeer- und Johannisbeerbüschen, Tomaten- und Bohnenstauden und großen, schweren Sonnenblumen. Nicht weit davon ragte eine lange dünne Stange in die Luft mit einem verwitterten Vogelhäuschen an der Spitze.

Den ersten Abend verbrachten Paul und Doris in ihrem neuen Zuhause. Doris hatte eine Flasche Wein gekauft; es war ein massiger, dunkler Rotwein, der Reiche bald in die Knie zwang. Auf Doris hatte er eine ausgesprochen anregende Wirkung, während Paul die Lider immer schwerer wurden. Doris redete und redete in einer eifrigen, vergnügten Weise – sie feierte ihr Zusammensein, die Aussicht auf die gemeinsamen Tage, die gute Unterkunft, das schöne Wetter. Als sie sich schließlich dem neben ihr sitzenden Paul zuwandte, merkte sie, dass er eingeschlafen war.

Der nächste Tag versprach heiß zu werden. Reiche hatte, trotz oder gerade wegen des Weines, tief und fest geschlafen. Er war vergleichsweise unternehmungslustig und ließ sich von Doris zu einer größeren Wanderung überreden. Doris bestimmte Waldkirch als Ausgangspunkt. Ursprünglich hatte Paul nur vom Wielandthof aus eine größere Runde drehen wollen.

Der Weg von Waldkirch zum Kandel hoch war steil und nach zwei Kilometern machte sich beim Kommissar bemerkbar, dass er ein paar Pfund zu viel auf den Rippen hatte.

Doris, die seinen Atem hörte, spöttelte: »Na, werden wir es schaffen?«

Reiche drehte sich zu ihr um: »Werd bloß nicht frech. Sonst scheuch ich dich noch die letzten Meter.«

Er sah ihre lachenden Augen, die geröteten Wangen und wie sie leichtfüßig aufstieg und dachte, dass ihr, obwohl auch sie eher füllig als schlank war, das regelmäßige Tennisspielen zu einer guten Kondition verholfen hatte.

Trotz der Anstrengung – der Schweiß lief ihm übers Gesicht – genoss er das Laufen. Wie gut es tat, sich durchzulüften! Er, dem man nachsagte, er sei eher wortkarg und brummig, fühlte sich jetzt leicht und gut gelaunt. Das verdankte er Doris. Wie sie ihn jetzt verschmitzt ansah, mit den Grübchen in den Backen, die er so liebte, musste er unwillkürlich lächeln.

Voller Genugtuung dachte Doris daran, dass sich das, was sie ihren Neubeginn nannte, gefestigt hatte. Nach ihrer kurzen und missglückten Ehe mit Reiche und ihrer folgenden verworrenen Beziehung zu dem Elsässer Hans, hatte sie es nicht mehr für möglich gehalten, dass sie und Paul Reiche noch einmal zueinander finden könnten.

Sie saßen auf einem Stein, im Rücken das Hotel, und sahen den Gleitschirmfliegern zu, wie sie über die Holzrampe spurteten und sich, während die Schirme sich rauschend öffneten, in die Tiefe stürzten. Wie bunte, seltsam starre Vögel zogen sie ihre Kreise und wurden immer kleiner im strahlenden Blau des Himmels.

»Na?« machte Doris und stieß ihn mit dem Ellbogen an.

Reiche atmete tief durch, als wolle er nicht nur die Luft,

sondern die ganze Landschaft inhalieren. Die lag unter ihnen wie ein farbig geflecktes Tuch, darüber dünne Schönwetterwolken und ganz in der Ferne die langgestreckte Kette der Vogesen. Wenn sie sich umwandten, sahen sie auf der anderen Seite der Schwarzwaldhöhe glitzernde Windräder, beieinander stehend wie die Riesen einer Familie.

Nach ihrer Rückkehr auf den Hof trafen sie auf den Bauern. Leo Wielandt war ein großer, korpulenter Mann Mitte sechzig, dessen Äußeres wenig an einen Bauern erinnerte. Mit seinem feinen Anzug, dem dunkelblauen Hemd, der weinroten Krawatte und der schmalen Aktenmappe unterm Arm sah er eher wie ein modebewusster Geschäftsmann aus.

Er begrüßte sie mit kräftigem Handschlag, und als sie ihn – nach der Wanderung waren sie völlig ausgehungert – nach einem guten Speiselokal fragten, meinte er: »'s Waldcafé. Des isch net weit und ma isst ausgezeichnet.« Er hatte eine Stimme, die laut über den Hof hallte.

»Ein Café?« fragte Reiche zweifelnd.

»Ba!« Wielandt winkte ab. »Des hoißt von früher noch so. Inzwischen isch's e ganz normale Wirtschaft.« Er deutete den Weg hinunter, der durch den Hof führte. »Da nunner. Zu Fuß vielleicht e Viertelstund.«

Vor dem Waldcafé standen noch Tische und Stühle auf dem gekiesten Hof, der von einer Hecke eingefasst wurde. Es saß aber niemand mehr im Freien, die Sonnenschirme waren zugeklappt. Über dem Eingang zum Lokal im steinernen Torbogen lasen sie die verwitterte Jahreszahl 1884.

Das Innere der Wirtschaft war vor noch nicht allzu langer Zeit renoviert worden; das Mobiliar hatte man allerdings behalten: schwere Holzstühle mit Polsterung, die Tische mit gedrechselten Beinen und rotkarierten Tischdecken. Die Wände entlang führte eine mannshohe Vertäfelung.

An diesem Freitagabend war das Lokal voll, nur ein einziger Tisch war noch frei: neben dem Stammtisch, an dem lautstark diskutiert wurde. Die Bedienung waren zwei junge Männer, ein kleiner, molliger mit Kinnbart und ein schlanker, großer mit tief in die Wangen gezogenen Koteletten. Die Kellner trugen lange Schürzen, wie sie in manchen Lokalen in Italien üblich waren.

Das Essen war tatsächlich ausgezeichnet. Reiche hatte schon lange kein so gutes Hirschgulasch gegessen. Das einzige was störte, war der laute Disput am Nebentisch.

»Ich wette, er stimmt nicht zu!« rief ein kahlköpfiger Mann und stach zur Bekräftigung mit dem Zeigefinger in die Luft.

»Ja und?« sagte ein anderer. »Der Wielandt ist nicht der einzige, der dagegen ist.«

»Aber aus welchen Gründen!« meldete sich jemand.

»Das sind doch Kindereien!«

»Und ich sag euch, es geht durch!« hörte man. »Schließlich muss mit dem Marktplatz was geschehen!«

Reiche konnte nicht weghören. Später sollte er sich an diese erste Stammtischrunde erinnern. Wie sie das Signal war für das, was folgen sollte.

»Schade, dass die Ohren keine Klappen haben wie die

Augen«, sagte er, an Doris gewandt, und bewegte sein Kinn Richtung Nebentisch.

Doris lächelte. »Die Männer würden das den Frauen gegenüber nur missbrauchen.«

Frühstück gab's im Haupthaus, neben dem Wohnzimmer des Bauern. Das Ehepaar mit den zwei Kindern war schon am Aufbrechen. Das Mädchen kam an ihren Tisch und musterte Reiche aufmerksam. In der Hand hielt sie eine Barbie-Puppe.

»Du hast ganz viele Stoppeln«, sagte das Mädchen.

»Stimmt«, sagte Reiche und fuhr sich mit der Hand über das Kinn. »Morgen rasier ich mich.«

»Felizitas!« rief ihre Mutter, die mit den anderen schon an der Tür stand. »Komm jetzt.«

»Morgen komm ich wieder«, sagte Felizitas und tippte sich ans Kinn. Dann rannte sie zu ihrer Mutter.

Die Bäuerin kam mit einem Tablett, darauf zwei Eierbecher, die ein Huhn darstellten. Jedes Huhn hatte eine bunte gehäkelte Mütze auf.

»Gibt es denn hier direkt vom Haus aus auch einen Wanderweg?« fragte Doris.

»Ja freili«, sagte die Bäuerin und nahm den Hühnern die Mütze ab. »Glei hinter der Scheuer, den kloi Abhang nuff un an der Quelle vorbei – des sehet Se dann scho.« Vielleicht lag es an ihrem Kropf, dass ihre Stimme diesen tiefen, rauchigen Klang hatte.

»Eine Quelle?« fragte Reiche.

»Haja, unsre Sofien-Quelle.«

»Und der Weg, wohin führt der?«

»Z'erscht in de Antoni-Wald ane ... Warte Se, mir henn doch e Kart ...«

In diesem Moment rief jemand. »Mudder!«

Reiche und Doris sahen die Bäuerin fragend an.

»Der wird warte könne«, meinte die Frau und ging zu dem alten Bauernbuffet. Aus einer der Schubladen holte sie eine zerknitterte Wanderkarte. »Des isch en Rundweg, der is ausgschildert.« Sie legte die Karte neben das Brotkörbchen.

In der Tür erschien Stefan Wielandt, der Bauer. Anscheinend kam der Jungbauer – der so jung nicht mehr war, Reiche schätzte ihn auf Mitte vierzig – aus dem Stall; er stand in Socken, die Gummistiefel hielt er in der Hand.

»Is der Vadder scho weg?« fragte er. Er hatte ein rundes, pausbäckiges Gesicht, in dem ihm nur die tiefe Falte zwischen den Brauen eine gewisse Strenge gab. Und als habe er sie erst jetzt bemerkt, sagte er, an Doris und Reiche gewandt: »Gudde Morge.«

»Woiß i doch net«, murmelte die Bäuerin unwirsch und lief an ihrem Sohn vorbei aus dem Zimmer.

Die Quelle war nur ein paar Schritte vom Weg entfernt, der hier steil in den Wald hinein führte. In den Abhang waren im Halbrund ein halbes Dutzend Natursteine gesetzt, die eine Art Wanne bildeten, in deren Mitte sich ein Rohr befand, aus dem ein schwacher, aber stetiger Strahl in eine steingefasste Rinne floss und dann im Boden versickerte.

Ein großer, knochiger Mann kam mit einem gefüllten Plastikkanister zum Weg zurück, wo er sein Fahrrad abgestellt hatte.

»Ist das denn ein besonderes Wasser?« fragte Reiche und deutete auf den Behälter.

»Schon. 's is ganz weich und kommt direkt von oben ausm Berg«, sagte der Mann und schnallte den Kanister auf seinen Gepäckträger.

Doris trat an die Quelle und ließ das Wasser in die hohle Hand laufen. »Schön kühl«, befand sie, nachdem sie gekostet hatte.

»Ich nehm's für'n Tee«, sagte der Mann und stieg auf sein Rad. Er hob grüßend die Hand und fuhr davon.

Sie waren keine hundert Schritte in den Wald gegangen, als Doris' Handy piepte. Sie blieb stehen, während Reiche weiterging. Es war eine unausgesprochene Abmachung zwischen ihnen, sich, wenn irgend möglich, beim Telefonieren nicht zuzuhören.

Als Doris wieder zu Reiche aufschloss, sah er ihrem Gesicht an, dass etwas passiert war. »Was ist?«

»Meine Mutter ist im Krankenhaus.«

Reiche erschrak. »Schlimm?«

»Sie ist gestürzt, der rechte Arm ist gebrochen.« Sie fügte hinzu. »Ich muss heim.«

»Aber wieso denn?« fragte Reiche entsetzt.

»Bitte, Paul!«

Sie waren stehen geblieben. »Aber … ich meine, sie ist im Krankenhaus, sie ist versorgt.« Er hob beschwörend die Hände.

»Darum geht es nicht. Du weißt …«

»Schon gut«, resignierte Reiche. Er wusste, dass es keinen Zweck hatte. Es war nicht nur der Armbruch. Seit der Optikermeister Walter Graf, Doris' Vater, eine Freundin gehabt hatte – oder noch hatte, so genau wusste man das nicht –, war die Ehe der Eltern am Wackeln. Die Mutter litt seit der Affäre ihres Mannes an Depressionen.

»Gut, dann packen wir und fahren heim«, entschied Reiche.

»*Wir*?« Doris schüttelte den Kopf. »Da bleibst natürlich.« »Du hast noch eine Woche Urlaub.«

»Was soll ich denn hier allein?«

»Jetzt komm!« Doris fasste ihn am Unterarm. »Hier ist es doch schön. Du spannst mal aus … vielleicht komm ich ja in ein paar Tagen wieder.«

Reiche sah sie zweifelnd von der Seite an. Er glaubte nicht an ihre Rückkehr.

»Dann fahr ich dich heim«, sagte Reiche.

Doris lächelte. »Danke. Brauchste nicht. Fahr mich einfach zum Bahnhof. Soviel ich weiß, geht alle Stunde ein Zug.«

2

Am Nachmittag, auf der Rückfahrt vom Bahnhof, während er gemächlich durch die Landschaft zuckelte, ging Reiche durch den Kopf, was ihm Doris, bevor sie in den Zug stieg, sozusagen als Denkaufgabe dagelassen hatte. »Kannst du dir vorstellen«, hatte sie wie beiläufig gefragt, »dass wir zusammenziehen? Die Wohnung im Stockwerk über mir wird frei. Sie ist fast doppelt so groß wie meine und hat einen riesigen Balkon zur Südseite. Die Frau Burger mit ihren zwei Söhnen zieht aus.«

Ich hätte doch mit ihr zurückfahren sollen, dachte er, und mit ihr drüber reden. Das kommt jetzt doch ein bisschen plötzlich.

An der Kreuzung zum Dorf hielt er an der Tankstelle. Er wusste gar nicht so genau, warum. Eigentlich musste er nicht tanken. Aber er wollte nicht gleich auf den Wielandthof zurück. Er entschloss sich, eine Wanderkarte von der Region zu kaufen, obwohl er nicht sicher war, dass er in den nächsten Tagen viel wandern würde. Und weil er schon einmal da war, tankte er auch.

Vor ihm an der Kasse stand ein Mann, der ihm bekannt vorkam – ein großer, breitschultriger, korpulenter älterer Herr. Nachdem der Mann bezahlt hatte, drehte er sich um und wollte an Reiche vorbei, blieb dann aber abrupt stehen.

»Ach, Sie sind doch …!«

Auch Reiche hatte den anderen erkannt. Spätestens als er seine dröhnende Stimme hörte, wusste er, dass es der alte

Wielandt war. Und als er jetzt den Bauern wieder vor sich sah, fiel ihm ein, wem er ähnlich sah: Bismarck. In der Schule hatte Reiche einmal ein Referat über ihn gehalten. Derselbe kantige Schädel, derselbe leicht hängende Schnauzer und die starken, buschigen Brauen.

»Ja«, sagte Reiche, »ich wohne bei Ihnen auf dem Hof.«

»Heute ohne Familie?« dröhnte Wielandt und grinste freundlich.

»Das sind die Mieter im Parterre. Ich wohne im ersten Stock.«

»Richtig. Hab ich verwechselt.« Wielandt faltete sorgfältig die Tankquittung zusammen und legte sie in seine Brieftasche. »Na, dann viel Spaß noch.« Er hob die Hand. »Mit dem Wetter haben Sie ja Glück«, fügte er im Weggehen mit seiner Lautsprecherstimme hinzu.

Gleich nachdem Reiche die Tankstelle verlassen hatte, erkannte er, dass er falsch abgebogen war. Er hatte die Straße zum Dorf genommen. Er sah es an dem Rohbau, der hundert Meter neben der Tankstelle auftauchte. Er überlegte, ob er ins Dorf fahren sollte. Aber dann wendete er und nahm die kleine Straße, die zum Waldcafé und schließlich zum Wielandthof führte.

Kurz vor dem Waldcafé fiel ihm ein Schild auf: ein klobiges, dickes Brett, aus dem das Wort *Holzbildhauer* herausgeschnitzt war, daneben eine Hand, die in den Wald hinein auf einen schmalen, asphaltierten Weg zeigte.

Reiche bog auf den Parkplatz des Waldcafés ein mit einer Selbstverständlichkeit, als sei er verabredet. Er hatte Durst.

Es gab zwar zwei Flaschen Bier im Kühlschrank der Ferienwohnung, aber er wollte nicht allein mit einer Flasche Bier in einer fremden Wohnung sitzen.

Das Lokal war wieder gut besetzt. Nur der kleine Tisch neben dem Stammtisch war frei. Reiche zögerte, sich zu setzen. Er fürchtete die lauten Dispute am großen Nachbartisch, der mit einer um einen Aschenbecher herum gebauten Eisenplastik als Stammtisch gekennzeichnet war. Jetzt saßen da nur zwei ältere Männer, die sich anschwiegen.

Reiche setzte sich schließlich doch an den kleinen Tisch und bestellte ein Hefeweizen. Der Kellner mit den langen Koteletten, der vorhin René gerufen worden war, brachte es ihm. Reiche trank in großen Schlucken, und als er das Glas absetzte, betrachtete er es voller Zufriedenheit.

Er schreckte auf, als eine Stimme vor ihm sagte: »Ist es gestattet?« Ein älterer Herr mit weißen Haaren und einer altmodischen Hornbrille deutete auf einen der freien Stühle am Tisch.

»Bitte.« Paul rückte ein paar Zentimeter mit seinem Stuhl nach links, als müsse er zusätzlich Platz schaffen für den Ankömmling. Eigentlich, fand er, passte sein Tischnachbar eher an den Stammtisch. Er sah so hiesig und bodenständig aus: trug eine Art Janker mit Lederbesatz an den Ellbogen und weit geschnittene Feincordhosen. Nur das Haupthaar war für einen Stammtischsitzer eine Idee zu lang.

Sie kamen schnell ins Gespräch. Reiches Tischgenosse hieß Breitbach und war pensionierter Lehrer. Der Kommissar sagte, als ihn der andere über seinen dicken Brillenrand hinweg ansah, er sei auch Beamter. Breitbach fragte nicht weiter. Das Waldcafé war sein Stammlokal. Aber am Stammtisch sei nicht sein Platz, sagte er. Eigentlich liebe er es, allein zu sitzen. Das sei freilich nicht immer möglich.

»Sie nehmen mich also notgedrungen in Kauf«, bemerkte Paul daraufhin. Der andere schaute ihn aufmerksam an. »Es ist ein Risiko. Meist zieht man Nieten.« Ein Lächeln glitt über sein Gesicht. »Aber ab und zu gibt es auch einen Treffer.«

Reiche verstand sich mit Breitbach auf Anhieb. Zwischen ihnen stimmte die Chemie von Anfang an.

»Sie machen Urlaub hier?«

Reiche nickte.

»Und wohnen im Wielandthof?«

Paul trank und wischte sich den Schaum vom Mund. »Sie wissen ja schon alles.«

Breitbach nahm eine Pfeife aus einer kleinen Ledertasche, die an der Stuhllehne hing. Er lächelte. »Alles noch nicht.«

Er begann die Pfeife zu stopfen. Ein süßlich-herber Geruch verbreitete sich. Er war dem Kommissar nicht unangenehm, er erinnerte ihn an die Besuche bei seinem Großonkel Simon, dem Uhrenschildermaler, der Pfeife geraucht hatte.

»Dürfen Sie denn hier rauchen?« fragte er.

»Nein.«

»Und Sie rauchen trotzdem?«

»Ich rauche hier drin kalt.«

»Und das schmeckt?«

Breitbach schüttelte den Kopf. »Nein.«

Er steckte die Pfeife in den Mund und sog daran.

»Vorhin«, sagte Reiche, »bin ich an einem Schild vorbei gefahren … Es gibt hier einen Holzbildhauer?«

Breitbach nickte. »Drüben auf dem Tandlerhof. Der junge Tandler.«

»Den Hof sieht man gar nicht.«

»Es liegt der Wald dazwischen.«

Breitbach hatte einen Tee bestellt. Der stand schon einige Zeit vor ihm, der Teebeutel hing immer noch im Glas. Der Lehrer begann den Beutel mit dem Löffel hinunterzudrücken als wolle er ihn ersäufen.

Am Stammtisch neben ihnen waren inzwischen alle Stühle besetzt. Auch der Kahlköpfige, der gestern so aufgeregt diskutiert hatte, war wieder da. Aber heute wurde die Unterhaltung in Zimmerlautstärke geführt.

Reiche deutete mit dem Kopf nach rechts. »Gestern ging es ja bei denen hoch her. Über irgendeine Entscheidung im Gemeinderat.«

Breitbach tunkte immer noch den Teebeutel. Der Tee hatte inzwischen die Farbe von Kaffee.

»Nächstes Jahr haben wir Ortsjubiläum. Der Marktplatz soll aufgewertet werden – wieder den alten Brunnen kriegen, der damals wegen der Verbreiterung der Durchgangsstraße abgerissen worden ist. Das alte Seilerhäuschen an der Ecke soll weg und an seine Stelle der Brunnen.«

»Und wo ist das Problem?«

»Der Kauf des Seilerhäuschens, also eigentlich des Grund und Bodens, würde hundertachtzigtausend Euro kosten.«

»Verstehe.«

»Nausgeschmissenes Geld, sagen die einen. Längst fällige Verschönerung der Ortsmitte, sagen die anderen.«

»Die Mehrheit ist dagegen?«

»Weiß man nicht. Es geht eher darum, wer dafür ist. Der Tandler zum Beispiel ist dafür. Ihm gehört nämlich das Seilerhäuschen. Er hat es von einem Großonkel geerbt.«

»Und wer ist Tandler?«

Breitbach schaute ihn über den Brillenrand an. »Haben Sie irgendwie mit der Sache zu tun – ich meine, weil Sie so fragen?«

Reiche lachte. »Pure Neugier. Ich komm selber vom Dorf. Solche Geschichten interessieren mich.«

Breitbach nickte. Dann sagte er: »Dem Tandler gehört der Nachbarhof. Der Wielandthof und der Tandlerhof sind die größten im Ort. Beide werden noch bewirtschaftet.« Und er fügte hinzu: »Tandlers Sohn ist der Holzbildhauer.«

»Der Tandler kriegt also gutes Geld, wenn die Gemeinde dieses Häuschen kauft.«

»So ist es.«

»Und Sie meinen, die Abstimmung fällt auf jeden Fall knapp aus.«

Breitbach nahm den Teebeutel heraus und schaufelte zwei Löffel Zucker ins Glas. »Viel wird davon abhängen, wie sich der alte Wielandt entscheidet.«

»Der Wielandt von meinem Hof?«

Breitbach nickte.

»Und Wielandt?«

»Hält sich bedeckt. Aber wenn er Nein sagt … Da gibt's welche, die werden sich nach ihm richten – aus verschiedenen Gründen.«

Breitbach kippte das kleine Kännchen Milch in den Teesud, rührte um und trank. »Aber eigentlich geht es gar nicht um den Marktplatz.«

»Sondern?«

Breitbach nahm die Pfeife und sog daran. »Tandler und Wielandt …« Er winkte ab. »Das ist eine alte Geschichte.«

Reiches Handy brummte. Es war Doris. »Moment mal«, sagte Reiche. Er nickte Breitbach zu und ging in den Flur hinaus. Hier, vor einer Wand mit verglasten Fotografien, die das Waldcafé in den verschiedenen Stadien seiner Geschichte zeigten, sagte er: »Soll ich später zurückrufen? Ich bin grad im Waldcafé.«

»Nein, lass, ich wollte mich nur kurz melden.« Ihre Stimme klang traurig. »Ich bin noch im Krankenhaus.«

»Und?«

»Es ist ein ziemlich komplizierter Bruch. Sie muss noch 'ne Weile hierbleiben.«

Reiche wusste, was das bedeutete.

»Du isst was im Waldcafé?« fragte Doris.

»Mal sehen. Hab grad eine Bekanntschaft gemacht.«

»Weiblich?«

Reiche lachte. »Nein. Ein älterer Herr.«

»Vom Stammtisch?«

»Das grad net.«

Eine Pause entstand.

»Ich vermisse dich«, sagte Doris mit leiser Stimme.

Reiche seufzte. »Ich komme mir hier wie zurückgelassen vor.«

»Tut mir Leid.«

»Du kannst ja nichts dafür.«

Wieder Schweigen. Dann sagte Doris: »Ich weiß, dass du nicht einverstanden bist, dass ich bei meiner Mutter …«

»Bitte, Doris!« unterbrach sie Paul. »Es ist wichtig, dass du bei ihr bist.«

»Du bist nicht sauer?«

»Nein.«

»Wir telefonieren, ja?«

»Oft!«, sagte Reiche.

Die Sommernacht hier oben war ungewöhnlich mild, obwohl es schon auf eins zuging. Reiche hatte in der Wohnung beide Fenster geöffnet. Ein sanfter Wind strich durch die Zimmer. Er stand am Küchenfenster und schaute hinaus. Im Schein des Mondes war der Hof in ein zauberhaftes Licht getaucht. Im Haupthaus leuchtete nur in einer der oberen Kammerfenster noch ein schwaches Gelb. Wie von weit her hörte er im Stall eine Kette klirren, als sich ein Tier bewegte. Das Kratzen und Rascheln des Hausmarders über ihm hatte in seiner Geschäftigkeit etwas Anheimelndes. Sonst war es still.

Der Kommissar konnte sich nicht entschließen ins Bett zu gehen. Lange stand er am Fenster im Wohnzimmer und schaute hinüber zum Wald, dessen Konturen vom Mondlicht in ein mattes Silber getaucht waren. Ganz fremd, wie eine Feldstandarte ragte wenige Meter vor dem Haus die Stange mit dem Vogelhäuschen empor.

Die Nacht atmete Frieden. Jetzt genoss es Reiche, hier geblieben zu sein. Und er vermisste Doris.

Fast unmerklich schob sich der Mond höher über den Wald und wanderte gegen den Dachscheitel des Hauses.

3

Paul musste sich besinnen, von welchem Geräusch er wach geworden war: den Kirchenglocken. Sie läuteten vom Dorfe her zum Sonntagsgottesdienst.

Er entschloss sich den Rundweg, den sie wegen Doris' Abreise abgebrochen hatten, nachzuholen.

Das Frühstück ließ er ausfallen. Er steckte nur eine Flasche Wasser und ein altbackenes Brötchen in den kleinen Rucksack. Als er aus der Tür trat, fuhr der schlammbespritzte Landrover des Bauern in den Hof. Der alte Wielandt, ganz in grüner Jagdkleidung (wieder fiel Reiche seine Ähnlichkeit mit Bismarck auf), stieg aus und klappte die Hecktür auf.

Reiche trat zu ihm. Im Heck des Wagens lag auf einer blutigen alten Decke ein Frischling. Das Wildschwein schaute mit glasigen Augen auf die Männer.

»Oh!«, sagte Reiche. »Weidmannsheil!«

Der Bauer zog sich ein Paar alte Lederhandschuhe an.

»Waidmannsdank.«

»Sie haben sich schon in aller Früh Ihr Mittagessen geschossen?«

Wielandt machte ein finsteres Gesicht. »Naja, es sollte eigentlich was anderes werden, aber der Bock hat sich nicht blicken lassen.«

»Das nächste Mal.«

Wielandt wuchtete das doch immerhin an die 30 Kilo schwere Jungtier mühelos aus dem Wagen und schritt zum Haus. »Anna!« donnerte seine Stimme.

Der größte Teil des Rundwegs führte durch Mischwald. Der Weg war schmal und unbefestigt. Hier im Wald war von der Hitze der letzten Tage nichts zu spüren; es roch nach Laub und Tannennadeln. An manchen Stellen fiel die Sonne durch die Blätter der Laubbäume und malte helle Flecken auf den Boden.

Ein Mann kam Reiche entgegen gelaufen. Offenbar hatte er es eilig. Er war unrasiert und seine langen dunklen Haare waren zu einem Pferdeschwanz zusammengebunden.

In seinem karierten Hemd, den breiten Hosenträgern und den weiten Hosen sah er ein wenig wie ein Clown aus. Außer Atem blieb er vor Reiche stehen. »Ist Ihnen ein Schäferhund über den Weg gelaufen?« Er starrte Reiche mit aufgerissenen Augen an.

»Ich hab keinen Hund gesehen«, sagte Paul.

Der Mann machte eine wegwerfende Handbewegung und rannte weiter.

Der Weg führte über eine Waldböschung auf eine geschotterte Straße. Reiche sah die Dächer eines Bauerngehöftes hinter dem spärlicher werdenden Baumbestand aufblitzen. Eine schmale Straße zweigte ab. An der Kreuzung war an einem Baum ein weiteres Schild mit dem Hinweis: *Holzbildhauer.* Der Kommissar zögerte, dann bog er in das Sträßchen ein.

Als er den Hof betrat, sah er zwei Frauen und einen älteren Mann, die dabei waren, einen Anhänger rückwärts in den Schuppen zu schieben. Sie hatten Mühe, den Wagen von der Stelle zu bewegen.

Reiche trat hinzu. »Hallo.« Die jüngere Frau brummte etwas, die anderen blickten ihn kurz an, ohne etwas zu sagen. Als er neben der jüngeren Frau seinen massigen Körper gegen die Vorderwand des Wagens stemmte, bewegte sich der Anhänger. Der Alte hob ihn an der Kupplung hoch und sie schoben das Gefährt langsam in die Dämmerung des Schuppens.

Der Alte, wohl der Bauer, nickte Reiche dankend zu. Er war mittelgroß, hager und in seinem schmalen, knochigen Gesicht stach das Kinn spitz hervor. Seine Augen lagen tief in den Höhlen, und obwohl er sich bedankt hatte, starrte er Paul misstrauisch an.

»Ich wollt zu dem Holzbildhauer«, sagte Reiche und wischte sich die Hände an den Oberschenkeln ab.

Keiner reagierte. Die jüngere Frau – Reiche schätzte sie auf Anfang vierzig – hatte sich zu dem Rad auf ihrer Seite, in dem zu wenig Luft war, hinuntergebeugt. Als sie sich jetzt wieder aufrichtete, bemerkte Reiche, dass sie dasselbe energische Kinn hatte wie der Mann. Es gab ihrem Gesicht etwas Herbes. Ihre Augen waren groß und von einer klaren Bläue. Sie presste ihren Mund zusammen, als hätte sie geschworen, für immer zu schweigen.

Schließlich sagte die Alte: »Der isch grad weg, sein Hund suche.« Sie machte eine schlenkernde Armbewegung, die Reiche an die Geste des Clowns von vorhin erinnerte. Aber diese Frau hatte nichts von einem Clown an sich. Sie war klein und schmal, aber ihre Magerkeit hatte etwas Drahtiges, Zähes. Sie mochte an die siebzig sein, hatte aber noch volles, wenn auch ergrautes Haar, das in einer lose gehaltenen Schnecke am Hinterkopf zusammengebunden war.

Der Alte nickte Reiche noch einmal zu und ging dann in Richtung Stall. Die Frauen sahen Reiche an, als wollten sie fragen: Was willst du noch hier?

»Ich komm ein andermal«, sagte Reiche.

Die Alte nickte abweisend.

Die Jüngere ging auf die andere Seite des Anhängers und prüfte hier den Reifen. Für sie war Reiche schon gar nicht mehr da.

Als er die Treppen zur Ferienwohnung hochstieg, stellte er sich vor, endlich das Buch zu lesen, das er mitgenommen hatte. Gleich nachdem er die erste Seite aufgeschlagen hatte, legte er es wieder weg. Er konnte sich nicht konzentrieren. Er war mit den Gedanken woanders. Doris fehlte ihm.

Obwohl es ihrer Mutter besser ging, war nicht daran zu denken, dass Doris wieder hierher auf den Hof kam. Reiche überlegte, ob er nicht doch den Koffer packen und den Urlaub abbrechen sollte. Eigentlich hielt ihn hier nichts. Er griff nach dem Handy, um Doris anzurufen.

Ein lautstarker Disput vor seinem Fenster ließ ihn innehalten. Er sah hinaus. Direkt unter ihm schrieen sich Vater und Sohn an.

»Des intressiert dich doch gar nemmeh!« Offenbar war der junge Wielandt gerade aus dem Stall gekommen. Er hatte noch die Gummistiefel an und in der Hand den Schieber, mit dem der Kot durch das Laufgitter geschoben wurde.

»Kümmer du dich um den Hof und lass des andre mei Sach sein!« brüllte der alte Wielandt.

»Wenn's nur mei Hof wär! Ich wart nemmeh lang! Entweder du übergibsch, oder …«

Der alte Wielandt winkte höhnisch ab. »Oder nix! Du wirsch warte könne!«

»Ich hab's satt! Meinsch du, mir sehe net, was du hinter unserm Rücken treibsch!«

»Von was redschn da? Ich glaub, du spinnsch!«

Stefan Wielandt deutete mit dem Daumen hinter sich. »D' Mudder und ich schaffe uns de Buggel krumm und du machsch ein' auf Hotelier. Der Hof braucht des Geld!«

»Du musch mir net sage, was ich mit meim Geld zu mache hab!«

»Des is au unser Geld!« schrie Stefan Wielandt. »Ich will endlich wisse, was gspielt wird!«

»I bin dir kei Rechenschaft schuldig! Noch ghört der Hof mir, falls du des vergesse hasch!«

»Dann mach doch deinen Dreck allei!« Wutentbrannt warf der Jungbauer den Schieber seinem Vater vor die Füße und stapfte in den Stall zurück.

Reiche drehte sich vom Fenster weg. Plötzlich fühlte er sich müde und erschöpft. Er konnte jetzt nicht heimfahren. Er brauchte die paar Tage Urlaub.

Paul hatte eigentlich zum Mittagessen ins Dorf gehen wollen, aber da er nicht sicher war, ob es dort überhaupt eine Wirtschaft gab, entschloss er sich, wieder im Waldcafé einzukehren.

Breitbach saß an seinem Tisch, als habe er auf den Kommissar gewartet.

»Sie essen regelmäßig hier?« fragte Paul nach der Begrüßung.

Breitbach grinste. »Das hier ist mein zweites Wohnzimmer.«

Der Kellner mit den langen Koteletten kam an den Tisch. »Haben Sie schon gewählt?«

Breitbach sah zu dem jungen Mann hoch. »René! Er sitzt noch keine zwei Minuten hier!«

»Alles klar«, sagte René. Und an Reiche gewandt: »Wissen Sie schon, was Sie trinken wollen?«

»Ein großes Pils.«

Als René gegangen war, bemerkte Breitbach: »Sie sind Biertrinker.«

»Meistens«, sagte Reiche und warf einen Blick auf Breitbachs graue Teetinktur.

»Alkohol vertrag ich nicht«, sagte Breitbach, der Pauls Blick bemerkte.

»Und ich vertrag keinen Tee.«

»Da haben wir ja schon was gemeinsam«, lachte der Lehrer.

Nachdem sie bestellt hatten, erzählte der Kommissar von seiner Begegnung im Wald und vom Besuch auf dem Tandlerhof.

»Na, da haben Sie ja die ganze Tandlersippe schon kennen gelernt.« Und nachdem er einen Schluck von seinem grauweißen Sud getrunken hatte, meinte er: »Im Wald, das war der junge Tandler, der Holzschnitzer. Dem sein Hund, der Tommy, haut regelmäßig ab.«

»Und stromert im Wald rum?«

Breitbach nickte. »Er verschreckt das Wild. Wielandt hat den Lukas schon ein paar Mal verwarnt, er soll auf den Hund besser aufpassen.«

René kam und brachte das Bier. »Zum Wohl.«

Reiche nahm einen großen Schluck.

»Der Wald gehört nämlich dem Wielandt.«

»Den hab ich heute Früh auch schon getroffen«, sagte Reiche. »Da ist er von der Jagd gekommen.«

»Und – hat er was geschossen?«

Reiche nickte. »Einen Frischling.«

Der Lehrer verzog den Mund.

Paul sah kurz zu Breitbach. »Sie scheinen ihn nicht besonders zu mögen.«

»Ach Gott …« Der andere zuckte die Schultern. »Der alte Wielandt, er ist wie er ist. Man muss ihn nicht mögen, aber man weiß bei ihm immer, woran man ist.« Und dann fügte er hinzu: »Es darf ihm halt bloß kein Tandler in die Quere kommen.«

»Wieso nicht?«

Breitbach öffnete seine Pfeifentasche und wählte eine Pfeife aus. »Zwischen den Wielandts und den Tandlers – das ist eine alte …« Er überlegte einen Moment. »Feindschaft – kann man schon sagen.«

»Weiß man warum?«

Breitbach drückte den Tabak mit einem Pfeifenstopfer in den Kolben. »Keiner weiß mehr, wann und warum das angefangen hat. Aber die Älteren hier erinnern sich noch an den Brand.«

»Was für einen Brand?«

»Der alte Tandler hat mal den Wielandthof angezündet.«

»Vielleicht nur ein Gerücht«, warf Reiche ein.

»Kein Gerücht, Tatsache. Der alte Tandler, also der Vater vom jetzigen alten Tandler, er lebt nicht mehr – ist auch überführt und verurteilt worden.«

Reiche schüttelte ungläubig den Kopf. Er hatte von solchen Brandstiftungen schon gehört, aber meist war es dabei um versuchten Versicherungsbetrug gegangen.

»Ich war damals neu hier«, fuhr Breitbach fort. »Was glauben Sie, was da los war!«

»Unglaublich!«, murmelte Reiche.

»Zehn Jahre hat der alte Tandler gekriegt.« Breitbach sog an seiner kalten Pfeife.

»Und der Wielandthof ist wieder aufgebaut worden«, stellte Reiche fest.

»Ja. Und es heißt, der alte Wielandt – also der Vater vom jetzigen Bauer – habe einen verkohlten Balken unter Glas irgendwo im Haus einbauen lassen.«

»Aber die Leute heute auf dem Tandlerhof ...«

»Haben mit der Sache nichts zu tun«, ergänzte Breitbach.

Das Essen kam – Breitbach hatte Bubespitzle mit saurem Rahm bestellt, Reiche Schwarzwälder Sauerbraten – und beide widmeten sich dem Essen.

Nachdem Paul das letzte Knödelstück verdrückt hatte, sagte er: »Ich wollte den Holzbildhauer besuchen.«

Breitbach sah auf. »Ich denk, der hat seinen Hund gesucht. Sie haben den Lukas doch getroffen.«

»Ich wusste ja nicht, dass der das ist.«

»Danach sind Sie zum Tandlerhof?«

Reiche nickte. »Die waren gerade dabei, einen alten Anhänger in den Schuppen zu schieben. Ich hab ihnen geholfen.«

»Ein guter Einstand«, bemerkte der Lehrer. »Die Tandlers sind nicht eben berühmt für ihre Gastfreundlichkeit.«

»Naja«, machte Paul und dachte an das merkwürdige Verhalten der Bauern.

»Die Alte, das war die Ruth« fuhr Breitbach fort. »Das ist die Schwester vom Bauern. Seine Frau, die ist vor drei Jahren gestorben.«

»Dann war da noch eine etwas Jüngere, so um die Vierzig.«

»Die Tochter vom alten Tandler, die Petra.«

»Ich hatte den Eindruck, sie wollten mich nicht länger als nötig auf dem Hof haben.«

»Kann ich mir denken.« Breitbach schüttelte den Kopf. »Die Tandlers sind krankhaft misstrauisch.«

»Und der Sohn, der Holzbildhauer?«

»Der war lange im Ausland, ich glaub in Österreich. Ist erst seit drei Jahren wieder hier.«

»Kennen Sie Sachen von ihm, Holzarbeiten?«

Breitbach grinste. »Ja. Ist zum Teil verrücktes Zeug.«

Reiche machte sich noch einmal auf zum Tandlerhof. Er wollte sich die Arbeiten des Bildhauers ansehen, hatte ohnehin nichts anderes zu tun. Paul liebte verarbeitetes Holz: das konnte ein schön geschwungenes Treppengeländer sein, eine natürlich strukturierte Tischplatte oder auch nur ein kunstvoll gezimmerter Dachstuhl.

Es war erst früher Nachmittag. Im Hof war niemand. Er ging am Stall vorbei, sah durch die Tür zum Vieh hinein, das schnaubend fraß.

Auch auf dem Tandlerhof war das Leibgedinghaus saniert worden. Man hatte es ganz nach den Bedürfnissen des Bildhauers umgebaut – mit einem großen Atelier über die ganze Breite des Erdgeschosses.

Lukas Tandler öffnete, und wenn er überrascht war, den Mann aus dem Wald wieder zu sehen, dann ließ er es sich nicht anmerken. Reiche fiel auf, dass Tandler junior als einziger in der Familie nicht dieses Magere, fast Ausgezehrte hatte, sondern zu einer gewissen Fülle neigte mit breiten Schultern und großen, kräftigen Händen. Und hier, in seiner Wohnung, war auch seine ganze Erscheinung nicht mehr clownhaft.

Für einen Moment stand Reiche unschlüssig in der Tür. »Ich wollte …«

»Schaue Se sich nur um«, sagte Tandler und trat zur Seite. Ohne sich weiter um seinen Besuch zu kümmern, ging er in den hinteren Teil des Ateliers und beugte sich über eine Pressspanplatte, auf die ein Bogen Packpapier geheftet war.

In einem ersten Impuls hatte Reiche nach dem Hund fragen wollen, aber dann entschloss er sich, an der Sache nicht zu rühren. Da er das Tier nicht sah, nahm er an, dass es noch nicht wieder aufgetaucht war.

Ein Vorhang, der jetzt zurückgezogen war, teilte das ganze Untergeschoss in zwei Hälften. Im vorderen, dem Eingang zugewandten Teil, standen vor allem fertige Arbeiten, Ausstellungsstücke. In der sich anschließenden Hälfte mit den Fenstern über die ganze Front befand sich die Werkstatt.

Von der Decke hingen das Gestänge und der kleine Motor eines Flaschenzugs. In der Ecke neben dem Waschbecken, auf einem groben Brett, lag eine Kettensäge. Auf der Hobelbank vor dem Arbeitstisch, an dem Tandler stand, gab es ein Durcheinander von Meißeln in allen Größen und zwei Schlegel. In der Ecke waren Holzspäne zu einem kniehohen Haufen zusammengekehrt. Es roch nach Staub und frischem Holz. Auf einem kleinen Bord über dem Arbeitstisch spielte ein verstaubtes Radio klassische Musik.

Reiche ging langsam zurück in den Ausstellungsraum und schaute sich hier, die Hände auf dem Rücken, die einzelnen Arbeiten an. Auf einem Regal neben der Tür waren eine Reihe kleinerer Figuren aufgestellt: Kühe, Pferde, Hunde, Schafe, Schäfer, Krippenfiguren, glatt geschmirgelt und zum Teil gewachst.

In der Mitte des Raumes standen die großen Skulpturen, und sie erinnerten Paul an Breitbachs Bemerkung vom verrückten Zeug.

Ein Phantasietier, eine Art Drache, stand hoch aufgereckt auf mächtigen Hinterbeinen und spie Feuer. Eine etwa einen Meter große männliche Figur kniete und streckte die unnatürlich lange Zunge heraus. Aus einer Baumscheibe waren die Köpfe einer Familie herausgeschnitzt, Vater, Mutter, Kind: hier bohrte das Mädchen in der Nase. Eine weitere große Figur stellte einen Mann dar, der einen Handstand machte und dabei eine Grimasse schnitt.

Die traditionellen Skulpturen gefielen Reiche am besten. Ein Christopherus mit dem Jesuskind auf den Schultern; ein Glasbläser, grob geschnitzt, wie mit dem Beil herausgehauen und doch ausdrucksstark; und schließlich eine Pieta, auf die auch der einzige Lichtspot im Raum gerichtet war und die den Kommissar sehr beeindruckte; an den Wänden hingen verschieden große Kruzifixe aus einem seltsam dunklen Holz.

Obwohl sich Tandler nicht um ihn kümmerte, hatte Reiche nicht das Gefühl, dass ihm der Besuch unangenehm war. Mochte er auch brummig und schlecht gelaunt sein, so wollte er doch, wie die meisten Künstler, dass andere Menschen seine Arbeit zur Kenntnis nahmen.

Reiche bemerkte, dass Tandler nicht wirklich arbeitete. Er stand vor dem Blatt mit der Skizze und machte ab und zu einen Strich, aber er schien nicht bei der Sache. Er wirkte angespannt und unruhig; wanderte von der Werkstatt in den Ausstellungsraum und zurück, wobei er vor sich hinmurmelte und Reiche überhaupt nicht beachtete.

Paul sah durch die breite Fensterfront Ruth Tandler mit einem Eimer in der Hand und klackenden Holzpantoffeln über den Hof Richtung Stall laufen. Er fragte sich, ob auch Lukas Tandler bei der Stall- oder Feldarbeit mithalf.

Als Reiche in der Werkstatt vor der halbfertigen Figur der Maria mit dem Kind zögernd die Hand ausstreckte, um das Holz zu berühren, aber die Hand wieder zurückzog, brummte Tandler: »Langet Se ruhig na.«

Paul strich über den schon glatt geschliffenen Teil, ein Stück des Mantels, tastete sich an der Maserung entlang.

Tandler warf einen kurzen Blick hinüber und erkannte, dass der Besuch sich wirklich für seine Arbeit interessierte. Er nickte ihm kurz zu.

4

Der Milchwagen war heute spät gekommen. Als Reiche über den Hof zum Frühstück ging, hörte er das Geräusch der Pumpe und meinte, den säuerlichen Geruch aus der Milchküche wahrzunehmen.

Da die Familie mit den zwei Kindern Sonntagnachmittag abgereist war, blieb der Bäuerin heute früh nur Reiche als Gesprächspartner. Sie hielt gern ein Schwätzchen. Soviel Zeit musste sein, auch wenn irgendwann im Haus der Anna-Schrei des alten Wielandt zu hören sein würde.

»Kommt jetzt Ihre Frau nimmeh?« fragte sie mit ihrer heiseren Stimme und stellte Reiche den frischen Kaffee auf den Tisch. Danach blieb sie, das Servierbrett unterm Arm, am Buffet stehen – ein Zeichen dafür, dass sie sich auf ein längeres Gespräch einstellte.

Reiche hatte ihr vor zwei Tagen erklärt, dass seine Begleitung (meine Frau hatte er nicht gesagt) wegen einer dringenden Familienangelegenheit wieder heimfahren musste.

»Nein, die kommt nicht mehr«, sagte der Kommissar und widmete sich den Brötchen. Ihm war nicht nach Plauderei.

»Schad, gell?« Die Bäuerin begann am Küchenschrank irgendwelche Zeitungen und Prospekte hin und her zu schieben. »Aber 's Wetter macht au zu. Mir werre noch Rege kriege. 's war auch lang gnug hoiß.«

Reiche schaute aus dem Fenster. Jetzt kam ihm sein Schweigen doch unhöflich vor. Er deutete mit dem Kaffeelöffel auf das Foto neben dem Fenster, eine Luftaufnahme des Hofes und seiner Umgebung. Es war im Frühling gemacht worden und man erkannte blühende Obstbäume. »Schönes Bild.«

»Sell isch vor zwei Jahr gmacht worre«, sagte die Bäuerin.

»Die Solaranlage gab's da noch nicht«, bemerkte Reiche kauend.

»Die hemmer erscht seit eim Jahr!« Anna Wielandt ging zu dem Bild und wischte über die obere Kante des Rahmens. »Wenn's nachm Vadder gegange wär, gäb's keine.«

»Der war gegen die Anlage?« wunderte sich Reiche. »Aber die rentiert sich doch, oder?«

»Freili. Der Jung«, – sie meinte offensichtlich den Sohn – »hätt halt Interesse, der will umbaue. Jetzt hätt er e Biogasanlage im Sinn.« Stolz und Zustimmung klangen aus ihren Worten.

»Eine ziemliche Investition.«

Sie nickte. »Der Jung hätt sich alles durchrechne lasse. Des würd sich scho auszahle.«

»Eigener Strom …« bemerkte Reiche vage.

»Aber der Vadder isch strikt dagege.« Sie nestelte an dem Anhänger in ihrem Blusenausschnitt. »Des tät stinke, sagt er.«

»Ach ja?«

»Der will nix mehr ausgebbe.«

»Dann hat er den Hof noch nicht überschrieben?«

Sie schüttelte den Kopf.

Reiche, der spürte, dass das ein heikles Kapitel war (es war bei den meisten Höfen ein heikles Kapitel), wechselte das Thema. »Und Ihr Sohn schafft den ganzen Hof allein?«

Sie zuckte mit den Schultern. »Haja.«

»Wieviel Kühe haben Sie denn?«

»Mir henn jetzt sechsefünfzig Stücker Vieh.«

»Und nicht einmal einen Betriebshelfer?«

Sie lachte kehlig. »Doch, mi!«

Reiche nickte anerkennend. »Alle Achtung ...«

»'s isch ja noch unser Jüngschter da, aber der hat mit der Landwirtschaft nix im Sinn. Der studiert in Freiburg.« Anna Wielandt wechselte das Tablett von einer Hand in die andere und ging zur Tür. »So isch's halt, gell?«

Der Himmel war bedeckt, es sah nach Regen aus. Genau das Richtige, dachte Reiche, um sich abzusetzen. Er hatte entschieden nach Hause zu fahren und Doris zu überraschen. Um nicht in Versuchung zu geraten den Urlaub ganz abzubrechen, beschloss er seine Sachen hier zu lassen.

Er war gerade dabei, die Wohnungsschlüssel einzustecken und die Armbanduhr umzubinden (die neue, teure, die ihm Doris geschenkt hatte), als er im Hof Schreie hörte. Reiche ging zum Küchenfenster und öffnete es.

Im Hof stand Lukas Tandler. Er sah ganz anders aus als gestern: er trug eine schwarze Lederjacke und seine Hosen steckten in schlammbespritzten Stiefeln. Breitbeinig stand er da, schüttelte die Fäuste und brüllte gegen die Frontseite des Hauses. »Komm raus, du Mörder! Du hast meinen Hund erschossen! Ein unschuldiges Tier!«

Er fuhr sich übers Gesicht, drehte sich von links nach rechts, er konnte vor Erregung nicht stillstehen.

Zwischen den Geranien des Balkons erschien der alte

Wielandt. Offenbar war er gerade beim Rasieren, denn er hatte noch Schaum im Gesicht.

»Mach, dass du von meim Hof kommst, sonst mach ich dir Beine!«

Dabei wischte er sich mit einem Handtuch den Rasierschaum vom Kinn.

Lukas Tandlers ausgestreckter Zeigefinger stach wie eine Lanze in die Höhe zu dem Mann auf dem Balkon. »Was hast du mit Tommy gemacht?« Man hörte seiner Stimme die Verzweiflung an. »Wo hast du ihn verscharrt?«

Er bückte sich und nahm einen der kleinen Blumentöpfe, die am Boden vor dem an der Wand aufgeschichteten Brennholz standen und schleuderte ihn zum Balkon hoch. Der Topf prallte am Balkongeländer ab und zersprang auf dem Boden.

»Verschwinde, du Mistkerl!« brüllte Wielandt. »Was geht mich dein Köter an?!«

»Du hast ihn abgeknallt!«

»Du hast sie doch nicht alle!«

Stefan Wielandt tauchte aus dem Stall auf und auch die Bäuerin kam aus dem Haus. Die Mieter im Parterre des Leibgedinghauses waren schon fort – für sie und die Kinder wäre Tandlers Auftritt ein sehenswertes Schauspiel gewesen.

Reiche rührte sich nicht. Vom Fenster aus sah er, wie Stefan mit Tandler sprach. Beide gestikulierten heftig, als führten sie eine Pantomime auf. Die Bäuerin, die Fäuste in den Hüften, stand dabei.

Leo Wielandt war vom Balkon verschwunden. Schließlich ließen auch Stefan und Anna Wielandt Lukas Tandler einfach stehen. Der rief noch einmal etwas zum Balkon hoch, winkte endlich zornig ab und stürzte, weiter vor sich hin fluchend, davon.

Während der ganzen Fahrt regnete es, aber es war nur ein leichter Sommerregen. Dunst lag über dem Wald und hüllte alles in einen zarten Schleier. Die Nordic Walker am Straßenrand setzten unbeirrt ihre Stöcke und marschierten mit großen strammen Schritten.

Die Überraschung misslang: Als Reiche Doris auf dem Handy anrief, um ihr zu sagen, er sei in der Stadt und wolle sie zum Essen einladen, rief sie: »Aber ich bin in Mannheim!«

»Was machst du in Mannheim?«

»Geschäftlich. Eigentlich sollte Vater fahren, aber er hat Besuch von einem alten Freund bekommen.«

»Und wann kommst du zurück?«

»Die Besprechung ist um drei …«

»Ich denke, du musst dich um deine Mutter kümmern«, sagte Paul vorwurfsvoll.

»Mach ich auch. Ach Paul – das tut mir jetzt leid.« Die Enttäuschung war ihr anzumerken. »Gefällt es dir nicht mehr? Langweilst du dich ohne mich?« Und sie fügte hinzu: »Willst du den Urlaub abbrechen?«

»Nein. Ich wollte nur mal kurz rüber zu dir fahren …«

Es entstand eine Pause.

»Willst du warten?« fragte Doris.

Er musste nicht überlegen. »Ja, will ich.«

Ein kleines Lachen ihrerseits. »Okay, ich beeil mich. Aber zweieinhalb Stunden brauch ich.«

Plötzlich schien alles wieder einfach. Er war erleichtert. »Fahr nicht zu schnell«, sagte er, bevor er auflegte.

Reiche entschloss sich kurz bei seiner Wohnung vorbeizufahren und nach der Post zu schauen. Aber im Briefkasten lag nur Reklame – und eine Ansichtskarte vom Ketterer-Toni.

Der Ketterer-Toni war in Auerswies, Reiches Heimatdorf, eine bekannte Erscheinung. Er war Elektriker gewesen. Jetzt war er in Rente, ein alter Mann, der sich aber immer noch kerzengerade hielt. In seinem abgetragenen dunklen Anzug (mit Weste) und seinem knochigen Gesicht, erinnerte er eher an einen Intellektuellen als an einen Handwerker. Er war verwitwet, hatte aber keine Kinder, nur einen Neffen, der hin und wieder auftauchte und seinen Onkel anzupumpen versuchte.

Gleich nach seinem Ruhestand hatte der Ketterer-Toni das Fotografieren angefangen ... als Abstrakt-Fotograf, wie er es nannte. Seine ›gegenstandslosen Fotografien‹ trug er stapelweise bei sich. Nach dem Niedergang der Rollfilm-Fotografie war er dazu übergegangen, sich schriftlich auszudrücken. Digital zu fotografieren lehnte er ab.

Inzwischen verschickte er an alle möglichen Leute Postkarten. Einen dicken Stapel Ansichtskarten hatte er sich bei einem Besuch in der Stadt in einem Antiquariat für zwei Euro gekauft – uralte Schwarz-Weiß-Fotografien. In seiner steilen, mit Füller geschriebenen Schrift zitierte Toni auf der Rückseite kuriose Meldungen oder schrieb Nonsens-Gedichte ab.

Paul schätzte Toni, der im Laufe der Jahre zu einer Art Dorforiginal geworden war. Sie liefen sich nicht oft über den Weg, da der Kommissar nur noch gelegentlich ins Dorf kam – dann, wenn er seinen Vater in der Tagesstätte besuchte.

Jetzt hielt er eine Ansichtskarte von »Ribnitz Hafen mit Fischerstrasse« in der Hand, eine verwaschene Reproduktion aus den dreißiger Jahren. Ketterer-Toni schrieb: »Lieber Paul, der Psychologe Robert Zajonc widmete sich der Frage, ob Kakerlaken vor Publikum schneller rennen. Dazu bastelte er ein kleines Stadion, dessen Ränge mit Kakerlaken besetzt waren. Und tatsächlich: vor Publikum steigerten die Kakerlaken eindeutig das Tempo. Es grüßt dich Anton Ketterer.«

Er musste lange auf Doris warten. Sie stand fast eine Stunde im Stau. Reiche war im Sessel eingeschlafen und erwachte, als sie die Wohnungstür öffnete und ihr Schlüssel auf die Flurkommode fiel. Er stemmte sich hoch, als sie ins Zimmer trat und ihn trotz ihrer Müdigkeit anstrahlte. Und noch während ihres gierigen Kusses, begann sie sein Hemd aufzuknöpfen.

Als Reiche am nächsten Morgen wieder in sein Auto stieg, war er froh, sein Gepäck auf dem Wielandthof gelassen zu haben. Er wäre sonst nicht mehr zurückgefahren.

Jetzt lag der ganze Vormittag vor ihm. Paul fuhr, einer Laune folgend, nicht auf den Hof, sondern weiter Richtung Freiburg. Er wollte ins Münster und auf den Münsterturm. Als er das letzte Mal oben gewesen war, hatte er gerade die Ausbildung auf der Polizeischule in Villingen-Schwenningen beendet.

Nach dem Regen von gestern war das Wetter wieder warm und klar und man konnte weit ins Land blicken. Er fuhr gemächlich, ließ sich überholen, genoss die Fahrt. Oben auf der B 500 hielt er an einem Kiosk mit Aussicht und trank einen Espresso. Im Tal unten ein einsames Gehöft, aus dem Schornstein verflüchtigte sich eine dünne Rauchfahne.

Dann stand er vor dem Münster und schaute hoch zum Turm. Es beeindruckte ihn, wie es den Erbauern gelungen war, dem Stein alle Schwere und Starrheit zu nehmen. Nachdem er die vielen schmalen Treppen hochgestiegen war, vorbei an den mächtigen Glocken, schaute er auf der obersten Plattform lange in das zarte Geflecht der Turmspitze.

Wieder am Hauptportal, studierte er den Figurenfries und versuchte hinter die Geschichte der abgebildeten Menschen zu kommen. Als er dann in einem Café vor dem Münster saß und einen Cappuccino trank, sah er sie. Sie saßen zwei Tische weiter und unterhielten sich. Sie sprachen miteinander wie zwei Menschen, die sich schon lange kennen. Es bestand kein Zweifel: dort saßen Petra Tandler und Stefan Wielandt, – der junge Wielandtbauer und die Tochter des alten Tandler.

Am Abend ging Reiche wieder ins Waldcafé. Ihm fiel gleich die Geräuschkulisse auf: es war lauter als sonst, ein erregtes Stimmengewirr. Alle Tische waren besetzt. Armin und René, die Kellner, kämpften sich mit vollen Tabletts durch die Stuhlreihen. Als am Platz neben dem Stammtisch ein älteres Ehepaar aufstand, besetzte Paul den Tisch.

Breitbach war nicht da. Reiche hatte von seinem Stadtausflug mit seiner Kamera eine Menge Bilder gemacht, die er sich auf dem Display ansah, während er auf das Essen wartete. Ein dröhnendes Lachen am Nebentisch ließ ihn aufhorchen, er wendete den Kopf: da saß der alte Wielandt und winkte ihm, offenbar blendender Laune.

Reiche kehrte zu seinen Freiburg-Bildern zurück, als sich vor seinem Tisch jemand räusperte. »Interessante Bilder?« fragte Breitbach und setzte sich.

»Was ist denn heute los?« fragte Reiche. »Sieht aus, als sei das ganze Dorf versammelt.«

Breitbach klärte ihn auf: der Gemeinderat hatte vor zwei Stunden über das Seilerhaus abgestimmt. Jetzt wurde hier weiter diskutiert.

»Aber warum sind die alle hier im Waldcafé? Soviel ich inzwischen weiß, gibt's doch auch noch ein Wirtshaus im Ort.«

Breitbach nickte. »Ja, die Sonne. Die haben aber heute wegen eines Todesfalls in der Familie geschlossen.«

»Waren Sie auch bei der Gemeinderatssitzung?« fragte Reiche. Breitbach nickte.

»Und – gab's Überraschungen?«

»Wie man's nimmt«, sagte Breitbach. »Der Kauf des Seilerhauses, das heißt, die Umgestaltung des Marktplatzes, wurde mit nur einer Stimme Mehrheit abgelehnt.«

»Das hatten Sie doch von Anfang an vermutet.«

Breitbach zuckte die Schultern und wandte sich seinen Pfeifenutensilien zu. »Und wie haben Sie den Tag verbracht?«

»Ich war in Freiburg.« Er lächelte. »Und hab fotografiert. Ich war auf dem Münsterturm.«

»Sieht man denn durch das Gerüst überhaupt durch?«

»Ich hab hauptsächlich ins Innere geschaut.«

Durch das Stimmengewirr am Nebentisch brach plötzlich eine hohe, aufgeregte Stimme.

Am Nebentisch stand der alte Tandler, das Gesicht puterrot. Er stand direkt vor Wielandt, der an der Tür saß. Tandler hatte einen dunklen Anzug an, der schon bessere Tage gesehen hatte und ihm zwei Nummern zu groß war. Eine zerknitterte Krawatte hing aus der Seitentasche seines Jacketts.

»Na, bisch jetzt zufrieden?« Sein vorspringender Unterkiefer malmte erregt. In seiner Magerkeit hatte sein ausgezehrtes Gesicht etwas Fanatisches.

Wielandt schaute kurz hoch und wandte sich dann wieder seinem Bier zu. »Da hat einer Probleme mit em Ausgang vonerer demokratische Abstimmung«, sagte er verächtlich.

Die Gespräche am Tisch waren verstummt. Alle schauten auf die beiden.

»Dass ich net lach!« Tandlers Gesicht war wutverzerrt. Der kleine Mann beugte sich, an der Stuhllehne abstützend, vor und fuchtelte mit der Hand vor Wielandts Gesicht herum. »Des wirsch du noch bereue, das sag ich dir!«

Wielandt lachte auf. »An deiner Stell würd i mi net so uffblase.«

Es schien, als wollte Tandler noch etwas sagen. Aber plötzlich wandte er sich ab, riss die Tür auf und ging.

Für eine halbe Minute war es still im Lokal. Dann setzten die Gespräche wieder ein. Am Nebentisch war erneut Wielandts dröhnender Bass zu hören.

»Die Alten kriegen sich in die Haare und die Jungen sitzen zusammen bei Kaffee und Kuchen«, bemerkte Reiche und stach mit der Gabel in seinen Wurstsalat.

»Wie kommen Sie jetzt darauf?« fragte Breitbach.

Paul erzählte ihm, dass er Stefan Wielandt und Petra Tandler in Freiburg im Café gesehen habe. »Ich hatte nicht den Eindruck, dass das ein zufälliges Treffen war.«

Breitbach nickte. »Also doch.«

»Also doch was?«

Der Lehrer sah kurz zu René hoch, der ihm den Tee brachte und dankte ihm mit einem Kopfnicken. Während er bedächtig den ersten Zuckerwürfel aus dem Papier schälte, erzählte er: »Die Petra war ja mal verheiratet. Is scho e Weile her. Aber die Ehe hat net lang ghobe. Der war net von hier. Den hat se im Urlaub kenneglernt. Irgendwann war der Mann weg. Der hats hier net lang ausghalte.«

Breitbach rührte bedächtig um. »Dann gab's die Gschicht bei der Fasnetfeier am Rosenmontag.«

»Was für eine Geschichte?«

Breitbach schaute hinüber zum Nachbartisch, wo wieder laut diskutiert wurde. Er beugte sich näher zu Reiche. »Des war gleich nachdem der Tandler ihr Mann abghaue is. Auf eimal hieß es, die Petra und der junge Wielandt seie zusamme gsehe worre.«

Breitbach wartete, bis ihm René die geräucherte Forelle serviert hatte. »Jedenfalls hat an Fasnet, hier beim Rosenmontagsball – nüchtern war da ja keiner mehr, ich au net – der alte Wielandt rumgetönt, die Tandler soll sich bloß net einbilde, dass sie sich jetzt en Wielandt unter de Nagel reiße kann, nachdem ihr der Mann davoglaufen is. Sein Sohn denkt net daran, sich auf sowas ›Abgelegtes‹, so hat er gsagt, eizulassen.«

Breitbach hob den Finger. »Die Sache war ziemlich peinlich, weil der junge Wielandt doch dabei war. Und die Petra au.«

5

Den Mittwoch verbrachte Reiche damit, den zweiten großen Wanderweg abzulaufen, der direkt am Wielandthof vorbeiführte. Es war eine schöne, aber steile Route, die ihn an seine Grenzen brachte.

In der Pension angekommen, hatte er sich gerade die Schuhe abgestreift, als sein Handy klingelte. Es war Ingrid. Die Gabelsbergerin habe angerufen, der Vater sei im Krankenhaus gewesen – gestern Nachmittag –, aber inzwischen wieder in der Tagesstätte.

Obwohl sich Reiche nur ungern von seiner älteren Schwester etwas vorschreiben ließ: diesmal war es ihm nicht unrecht, einen Grund zu haben, den Urlaub einen Tag früher als geplant zu beenden. Er vereinbarte mit Ingrid, sich morgen Nachmittag mit ihr in der Tagesstätte zu treffen.

Als er am Abend ins Waldcafé kam, um sich von Breitbach zu verabschieden, wedelte der beziehungsvoll mit der Hand. »Na, was sagen Sie dazu?«

Reiche setzte sich. »Wozu?«

Breitbach kniff die Augen zusammen. »Sie wissen es noch nicht?«

»Was denn?«

Der andere runzelte die Brauen. »Sie kommen doch vom Hof, oder?«

»Ich war weg, ich hab ne Wanderung gemacht.«

Breitbach sah ihn an. »Die Sofienquelle ist zerstört worden.«

Reiche musste einen Moment nachdenken. »Welche ...« Dann fiel es ihm ein. »Wie – zerstört?«

»Jemand hat am Hang oberhalb ...« Breitbach unterbrach sich. »Sie kennen die Sofienquelle?«

»Doris und ich waren gleich am ersten Tag dort.«

»Jemand hat am Hang offenbar mit einem starken Brecheisen ...« Er schüttelte den Kopf. »Das muss ein ziemlicher Kraftakt gewesen sein, die wuchtigen Quader herauszustemmen ... Die Felsbrocken oberhalb wurden runtergebrochen, dadurch ist ein Teil des Hangs ins Rutschen gekommen und hat die Quelle verschüttet. Das Wasser versickert jetzt irgendwo unter dem Geröll.«

Reiche sah den Abhang mit der natürlichen Steinwand vor sich, das zierliche Becken, in dem sich das Wasser sammelte, bevor es als Rinnsal weiterlief und das bemooste Rohr, aus dem ein dünner blinkender Strahl lief. »Wer macht denn sowas?«

Breitbach zuckte mit den Schultern. »Ja, wer macht sowas?«

»Ein Racheakt der Tandlers?«

»Könnte sein.«

Reiches Gruß erwiderte die Bäuerin an diesem Morgen mit einem zerstreuten Lächeln. Als Paul sagte, dass er schon heute fahren müsse, meinte sie nur: »So? Is recht.« Er wollte sie noch auf die Zerstörung der Sofienquelle ansprechen, aber Anna Wielandt war offenkundig mit ihren Gedanken woanders. Sie ging gleich, nachdem sie Brötchen und Kaffee gebracht hatte, aus dem Zimmer.

Reiche spürte, dass im Haus dicke Luft herrschte. Durch die offene Tür des Frühstückszimmers hörte er erregte Stimmen im Haus, Türenschlagen, Rufe, dann wieder Stille.

Der Kommissar machte, dass er aus dem Haus kam. Das Geld für die Übernachtungen – für alle gebuchten Tage – legte er neben den Frühstücksteller.

Etwas später, er war gerade dabei, seinen Koffer im Auto zu verstauen, ging der Streit im Haus weiter. Nach einem heftigen Wortwechsel wurde die Tür des Wohnhauses aufgerissen und Leo Wielandt kam im Laufschritt heraus. Wie immer, war er in feiner Schale. Gleich darauf erschien Anna Wielandt in der Tür. »Meinsch, ich weiß net, wo du hingehsch?!« rief sie.

»Lass mer mei Ruh!« brüllte Wielandt, öffnete die Tür des Landrovers und warf seine Aktentasche ins Auto. Weder er noch die Bäuerin beachteten Reiche, der seinen Kofferraum schloss.

»Leo!« rief die Bäuerin beschwörend. Sie ging ein paar Schritte in den Hof und blieb dann stehen. »Leo?! Grad heut! Hasch denn gar kei …« Sie verstummte, weil sie plötzlich Reiche gewahr wurde.

Wielandt winkte zornig ab und knallte den Schlag seines Wagens zu.

Als Reiche aus dem Hof fuhr, sah er im Rückspiegel die Bäuerin langsam, mit gebeugtem Rücken, ins Haus zurück gehen.

Paul und Ingrid hatten den Vater in der Tagesstätte Abendschön untergebracht. Er wurde morgens abgeholt und abends wieder auf den Hof zurück gebracht. Tagsüber war er in der Betreuung der Tagesstätte, wo er auch aß. Im Hof bewohnte er nur die untere Etage und da nur die Küche, in die man die Schlafcouch gestellt hatte.

Die Gabelsbergerin, die Frau, die ihn morgens abholte und abends wieder heimfuhr, berichtete den Geschwistern von Zeit zu Zeit, wie es Josef ging. Nur wenn etwas Ernstes anlag, meldete sich Frau Weber, die Leiterin der Tagesstätte.

Als Paul am Haus Abendschön vorfuhr, sah er, dass Ingrid bereits da war. Ihr Golf mit der Karlsruher Nummer stand auf dem Parkplatz. Am Eingang kam ihm Frau Weber entgegen. Wie immer trug sie eine schwarze Bluse und eine schwere Silberkette mit Anhänger.

»Warten Sie, Herr Reiche«, sagte sie und deutete auf ihre Bürotür. »Vielleicht können wir …«

»Ist meine Schwester bei Josef?« unterbrach sie Paul.

Sie nickte. »Ja, es ist soweit alles in Ordnung.«

Er folgte ihr zögernd, eigentlich hatte er erst nach dem Vater sehen wollen.

Frau Weber deutete auf den Stuhl vor ihrem Schreibtisch. »Bitte.«

Er setzte sich.

»Vorgestern war ihr Vater völlig apathisch, saß im Stuhl, war nicht ansprechbar, konnte den Arm nicht bewegen.« Sie zupfte nervös an den Ärmeln ihrer Bluse. »Zufällig war Dr. Meisner im Haus, er hat Ihren Vater untersucht und ihn ins Krankenhaus überwiesen.«

Frau Weber schob die Papiere vor ihr auf dem Schreibtisch zur Seite. Es entstand eine Pause.

»Man hat dort eine Magnetresonanzuntersuchung gemacht – es bestand ja der Verdacht, dass vielleicht ein Hirnschlag ...« Sie unterbrach sich. »Ich hab sofort Ihre Schwester auf dem Handy angerufen, aber sie konnte an dem Tag nicht kommen, war wohl auswärts ... Und Sie hab ich auch nicht erreicht.« Sie sah ihn mit einem schwachen Lächeln an.

»Ich war im Urlaub, ich hatte wohl mein Handy nicht an.«

»Es hat sich dann gezeigt, dass nichts Signifikantes ... also nichts wirklich Ernsthaftes vorlag. Frau Gabelsberger hat Ihren Vater ja begleitet. Die Ärzte wollten ihn über Nacht behalten, aber dagegen hat er sich gewehrt.« Sie nickte. »Was ja eigentlich ein gutes Zeichen ist, nicht wahr? Er ist dann mit Frau Gabelsberger wieder zurückgefahren.«

»Und was war es jetzt?« fragte Reiche.

Sie hob die Schultern. »Eine temporäre Lähmung, sagen die Ärzte. Ein Aussetzer, wie er in dem Alter vorkommen kann.«

Josef saß mit dem Rücken zur Tür im Aufenthaltsraum, der um diese Zeit wenig besucht war. Links von ihm an der Tischseite Ingrid. Wieder einmal fiel Paul auf, was für eine attraktive Frau seine Schwester war. Durch ihr immer noch schwarzes Haar zogen sich inzwischen silberne Strähnen. Sie hatte sich vorgebeugt und ihre großen ausdrucksvollen Augen waren auf den Vater gerichtet.

Als sie Paul kommen sah, hob sie den Kopf und winkte kurz. Paul drückte ihr einen Kuss auf die Wange. Den Geruch ihrer Haut wahrzunehmen, gab ihm jedes Mal ein Gefühl von Wärme und Vertrautheit.

Reiche setzte sich auf den Stuhl neben Josef.

»Papa, Paul ist da«, sagte Ingrid.

Der alte Mann blickte flüchtig zur Seite und starrte dann weiter auf die Tischplatte.

»Er ist noch ein bisschen mitgenommen von gestern«, bemerkte Ingrid. »Gell, Papa.«

»Was?«, sagte der Alte mit tonloser Stimme. Er bewegte unablässig den Unterkiefer, als würde er kauen.

Paul erschrak, wie mager sein Vater geworden war: eine spindelige Gestalt, eingesunken auf dem Stuhl. In dem braunkarierten Hemd, dessen Kragenspitzen sich aufrollten und der alten Strickjacke – eine neue anzuziehen weigerte er sich – sah er klein und zerbrechlich aus. Silberne Bartstoppeln schimmerten in seinem knochigen Gesicht und die dünnen Haare standen ihm vom Kopfe ab.

Es gab Paul einen Stich, den Vater so zu sehen. Er wirkte so schwach und schutzbedürftig. Am liebsten hätte er den alten Mann in den Arm genommen, aber das war unmöglich. Paul konnte sich nicht erinnern, dass ihn sein Vater jemals umarmt hatte. Körperlichen Kontakt gab es nur, wenn er verprügelt wurde.

Ingrid legte ihre Hand auf die des Vaters. »Sag, kommst du hier in der Tagesstätte mit den Leuten und mit Frau Weber und der Gabelsbergerin zurecht?«

Schweigen.

»Hast du mich verstanden?«

Nur Ingrid konnte so fordernd und unbefangen mit Josef sprechen. Sie hatte keine Scheu vor ihm. Schon als junges Mädchen war sie so mit dem Vater umgegangen. Als die

Mutter starb, war sie siebzehn und Paul sieben. Von da an, bis sie mit zwanzig den Hof verließ, war sie die Bäuerin gewesen. Dann gab der Vater die Landwirtschaft auf und ließ sich in der Stadt beim Gartenbauamt anstellen.

»Willst du hierbleiben? Gefällt es dir hier noch?« wiederholte Ingrid.

Er hüstelte. »I bleib do.«

Ingrid sah über Josefs Kopf Paul an und nickte.

»Kommst du zu Hause zurecht?« Das war eine rethorische Frage, denn im Grunde konnte der alte Mann das gar nicht mehr selbst beurteilen.

Josef Reiche erhob sich mühsam von seinem Stuhl. »Ich muss aufs Klo.«

Gehst du mit? bedeuteten Ingrids hochgezogene Brauen.

Nur leicht am Ellbogen berührte Paul den Vater, der mit kleinen, unsicheren Trippelschritten durch die Stuhlreihen ging. Josef blickte auf Pauls Hand, wie um sich zu vergewissern, wer da neben ihm ging.

Auf dem Parkplatz standen Ingrid und Paul noch eine Weile beieinander.

Paul schaute hinüber zum Haus. »Und wie soll's mit'm Vadder jetzt weitergehen?«

Ingrid wühlte in ihrer großen Handtasche nach dem Autoschlüssel. »Im Moment ist er doch hier noch gut aufgehoben.«

»Findest du?«

»Er soll hierbleiben, solange es geht.«

»Mir ist nicht wohl bei dem Gedanken, dass er allein auf dem Hof übernachtet.«

Ingrid sah auf die Uhr. »Bruderherz, ich muss los. Wir reden nochmal drüber.«

Im Auto ließ sie die Scheibe herunter. »Kommt doch am Sonntag zu mir. Ich koch uns was.«

6

Das Wochenende verlief ruhig. Am Samstagnachmittag hatten sie Doris' Mutter besucht, die aus dem Krankenhaus entlassen worden war.

Beim Essen am Sonntagabend wurde über Josef gesprochen. Paul und Ingrid waren sich einig: obwohl sich Josefs Gesundheit in letzter Zeit etwas verschlechtert hatte, war er für sein Alter noch in einer verhältnismäßig guten Verfassung. Als Doris erwähnte, inzwischen gebe es gute, wenn auch teure Pflegeheime, schüttelte Ingrid den Kopf. Sowas komme vorläufig nicht in Frage. Im Haus Abendschön sei Josef gut aufgehoben. Paul nickte dazu, sagte aber nichts. Doris spürte, dass die Geschwister das Thema nicht weiter vertiefen wollten und fragte nach Sascha, Ingrids Enkel.

Ingrid begann begeistert zu erzählen. Sascha sei jetzt zwölf und vom Computer kaum noch wegzubringen. Seine Mutter befürchtete schon das Schlimmste. Ingrid habe aber ihrer Tochter prophezeit, dass sich spätestens, wenn die erste Freundin auftaucht, das Problem von selbst erledigt.

Das Essen bei Ingrid war wie immer schwer und reichhaltig gewesen – es hatte Gänsebraten gegeben –, sodass Paul an diesem Montagmorgen nur mühsam aus dem Bett fand.

Als er das Kommissariat betrat, standen Maiwald, Hettich, Schmidt und Schubert am Schreibtisch von Schubert und beugten sich über eine Straßenkarte. Alle wendeten den Kopf und sahen ihn an.

Kriminalrat Hoffmann blickte von dem Papier, das er in der Hand hielt, auf und sagte: »Da bist du ja endlich.«

»Und?« fragte Reiche und wischte sich unwillkürlich über den Mund, weil er unterwegs ein Croissant gegessen hatte.

»Du hast dein Handy wieder nicht eingeschaltet«, bemerkte Monika Maiwald.

Reiche holte sein Handy heraus und kontrollierte es. »Tatsächlich.« Er zuckte mit den Schultern. »Aber ich war ja ohnehin auf dem Weg hierher.«

Die anderen wandten nicht den Blick von ihm.

Hoffmann griff sich eine Serviette vom Tisch, nahm seine Brille ab, hauchte auf die Gläser und putzte sie. »Du kannst gleich wieder los.«

Reiche runzelte die Brauen. »Wieso?«

Silberchen Fleig, an deren Schreibtisch er stand, sagte, ohne den Kopf zu heben: »Leo Wielandt ist tot.«

Reiche brauchte einen Augenblick. Der Name kam ihm bekannt vor. »*Wer* ist tot?«

Hettich unterbrach für einen Moment das Malmen an seinem Kaugummi. »Der Bauer, auf dessen Hof du warst.«

»Was … Moment …« Paul war verwirrt. »Der alte Wielandt?«

»Was wirklich passiert ist, wissen wir noch nicht«, sagte Hoffmann. »Wir wissen nicht, ist es ein Tötungsdelikt, ein Unfall oder Suizid. Wir haben nur vor zwanzig Minuten die kurze Meldung von einem Beamten der dortigen Schutzpolizei bekommen.« Er reichte Paul einen Zettel.

Reiche überflog das Papier. »Er ist von einem Neubau gestürzt?« fragte er ungläubig.

»Die Spurensicherung ist schon mal los – für alle Fälle. Ich hab auch von Barden und die Kollegin Fehrholz mitgeschickt.«

»Gehört das überhaupt noch zu unserem Bezirk?« fragte Reiche und schaute in die Runde. Niemand antwortete ihm.

»Die Staatsanwaltschaft ist informiert.«

Paul starrte immer noch auf das Papier.

»Du schaust es dir an«, fuhr der Kriminalrat fort. »Falls es um Tötung geht, gibst du Bescheid. Im Prinzip steht die Soko schon.«

Als er Reiches erstaunten Blick bemerkte, meinte Hoffmann: »Ist so mein Gefühl …« Und er fügte hinzu: »Aber du weißt, im Moment haben wir nur ne kleine Besetzung.«

Er nahm dem Kommissar das Blatt aus der Hand. »Du kennst ja den Weg.«

»Man braucht ne gute Stunde hin«, murmelte Reiche, als könne das ein Hinderungsgrund sein, zu fahren.

Die anderen gingen an ihre Schreibtische zurück.

Während der ganzen Fahrt hatte er das Fenster geöffnet. Der Wagen hatte keine Klimaanlage und es war drückend heiß. Plötzlich ging ihm der Satz durch den Kopf: Bismarck ist tot. Er sah den Bauern mit seinem kantigen Schädel vor sich, wie er das Wildschwein aus dem Wagen hob. Er dachte an die Woche, die er auf dem Hof verbracht hatte. Eine Woche nur? Jetzt kam ihm die Zeit dort viel länger vor. Vielleicht, dachte er, weil ich so viel von den Menschen mitbekommen habe. Er fragte sich, ob Wielandts Tod nicht doch ein Unfall war. Aber er glaubte es nicht. Jemand hatte den Bauern getötet. Und das hieß: von den Menschen, die er kennen gelernt hatte, konnte einer der Mörder sein.

Noch nie, erinnerte er sich, hatte er in all seinen Berufsjahren mit einem Fall zu tun gehabt, in dem ihm das Opfer vorher bekannt gewesen war. Immer waren es Menschen gewesen, die unvermittelt und unbekannt in sein Leben getreten waren – als Opfer, als Täter, als Mitwisser oder Zeugen.

Und wie sollte das jetzt gehen? Warum hatte Hoffmann ihn mit dem Fall – wenn es denn einer war – betraut, so, als sei es das Naheliegendste? War es das Naheliegendste? Weil er die Leute schon kannte, weil er das Umfeld kannte? Aber kannte er es wirklich?

Paul dachte an Breitbach. Mit dem hatte er sich gut verstanden. Der hatte viel erzählt. Aber hatte er auch die Wahrheit gesagt? Wie zum Beispiel war sein Verhältnis zu Wielandt? War es wirklich so oberflächlich und unbestimmt gewesen?

Reiche wusste, er musste jetzt sehr genau sein, und das hieß: misstrauisch. Er musste misstrauisch sein, wenn er den Leuten wieder begegnete. Das würde ihm bei einigen schwer fallen. Im Falle von Breitbach hatte es etwas von Verrat an sich. Gut, da war noch Martin.

Martin von Barden, sein junger Kollege. Er konnte sich Breitbach – und allen anderen auch – völlig unbefangen nähern. Martin und er waren inzwischen ein eingespieltes Team. Trotz des Respekts, den der Jüngere dem Älteren entgegenbrachte, hatte von Barden seinen eigenen Kopf und hielt mit seiner Meinung nicht hinterm Berg. Doch das Entscheidende war, dass sie sich hervorragend ergänzten. Wenn Reiche manchmal von seinem ›Bauchgefühl‹ in der Beurteilung einer Sache sprach, konnte es sein, dass Martin mit einem Grinsen hinzufügte: »Und mein Kopfgefühl sagt mir …«

Schon von weitem sah er, dass um die Baustelle viele Neugierige standen. Er hatte sich an den Anblick von Zuschauern gewöhnt, die wie aus dem Nichts an den Unfall- und Tatorten auftauchten, meist stumm verharrten und warteten und filmten und fotografierten. Viele dieser Gaffer filmten sich inzwischen auch selbst, das heißt, wie ihre Gegenüber dastanden und schauten und filmten.

Der Tatort und das Umfeld waren bereits durch die Schutzpolizei gesichert. Der noch nicht ausgebaute Teil der Straße, der zur Tankstelle führte, war mit einem roten Band abgesperrt. An der großen Zufahrtsstraße, die auch von den Baufahrzeugen benutzt wurde, versperrte der Kombi der Spurensicherung den Zugang. Hier sah er den langen Tann von der Spurensicherung mit einer kurzhaarigen Frau gestikulieren, die zwei Fotoapparate umhängen hatte.

Reiche stellte seinen Wagen vor dem roten Plastikband ab. Der Polizist, der hier Wache hielt, kam näher. Er hatte eine rote Nase und geschwollene Augen. »Sie könne hier net stehebleibe«, sagte er nasal und schniefte. Paul zeigte ihm seinen Ausweis und meinte, auf seine Nase deutend: »Heuschnupfen?«

»Und wie!« sagte der Beamte mit erstickter Stimme. Dann hob er das Band und der Kommissar ging durch.

Reiche bemerkte von Barden, der ihn ihm selben Moment sah und, über Bohlen und Holzstapeln kletternd, auf ihn zukam. Egal, wie er sich bewegte: der hochgewachsene Kommissar hatte immer etwas Schlaksiges und dabei doch auch Geschmeidiges an sich.

Ein paar Neugierige hatten sich an der Absperrung vorbeigeschlichen und versuchten einen Blick auf die Schmalseite des Rohbaus zu werfen, dort, wo die Männer von der Spurensicherung in ihren weißen Overalls zu sehen waren. Ein anderer Polizist, ein kleiner, stämmiger, scheuchte sie mit energischen Armbewegungen zurück.

Paul begrüßte von Barden mit einem Kopfnicken. »Und – was weiß man schon?«

Von Barden, der nicht nur immer elegant und stilsicher gekleidet war, sondern dessen Utensilien auch von erster Qualität waren, klappte sein teures, in Leder gebundenes Notizbuch auf. »Leo Wielandt heißt der Mann.«

»Ich kenn ihn«, murmelte Reiche.

Von Barden sah kurz auf und schaute in seine Notizen. »Er ist durch das Geländer durchgebrochen und in die Ausschachtung gestürzt. Und so wie's aussieht, in eines der hier unten rumliegenden Eisenstücke.«

Paul versuchte sich die Situation vorzustellen. »Das heißt, er stand mit dem Rücken zum Balkon, schaute also ins Innere des Raumes, als er fiel?«

Von Barden nickte.

»Man kann also davon ausgehen, dass ihm jemand gegenüber stand.« Und er fügte hinzu. »Also kein Suizid.«

»Ziemlich sicher nicht.«

»Vielleicht ein Unfall …« murmelte Reiche. »Wann ist es passiert?«

»Wiedfeld meint, gestern Spätnachmittag, vielleicht am frühen Abend.«

»Er lag demnach die ganze Nacht.«

»Ja.«

»Wer hat ihn gefunden?«

Von Barden drehte sich um und deutete in Richtung Baukran, wo ein dunkelhaariger Mann auf dem Sockel davor saß, den Kopf gebeugt, auf den Fußboden starrend. »Der Bauleiter.«

Reiche hielt die Hand über die Augen, da ihn die Sonne blendete. Dann sagte er: »Ist sonst noch jemand befragt worden?«

»Nein. Hier herum ist ja weit und breit nichts. Die Kollegin Fehrholz ist hinüber zur Tankstelle, um sich dort umzusehen.«

Reiche wandte kurz den Kopf in die Richtung. »War schon jemand von der Familie da?«

»Grad eben. Die Frau und der Sohn. Die …« Er stockte.

»Ja?«

»Naja, kannst du dir ja vorstellen.«

»Hast du mit ihnen gesprochen?«

Von Barden schüttelte den Kopf. »Das war net möglich.«

Sie schwiegen einen Moment.

»Ein Gerichtsmediziner aus Freiburg ist unterwegs. Aber Wiedfeld braucht sowieso noch Zeit.«

»Ich seh's mir an«, sagte Reiche. Wiedfeld würde zwar nicht begeistert sein, aber es war unumgänglich, dass er den

Tatort – wenn's denn einer war – in Augenschein nahm. Paul war nicht erpicht, Leo Wielandt da liegen zu sehen, aber es ging nicht anders, er musste sich ein Bild machen.

»Kümmerst du dich um den Bestatter, um den Abtransport nach Freiburg?«

»Meinst du, die Staatsanwaltschaft ordnet die Obduktion an?«

Als er Reiches Blick sah, winkte von Barden ab. »Okay, schon gut.«

Im Gehen wandte sich der Kommissar noch einmal um. »Wir brauchen noch mehr Leute.«

Von Barden klappte sein Notizbuch zu und nickte.

»Lass mal«, fügte Paul hinzu, »ich ruf Hoffmann gleich selber an.«

Reiche ging zum Transporter der Spurensicherung und ließ sich von Tann Überschuhe und Plastikhandschuhe geben.

Langsam stieg er die breite Treppe zum Hochparterre hinauf – das hier sollte wohl einmal das Hauptportal werden – und wandte sich dann nach links zur Schmalseite des Gebäudes. Es war angenehm kühl hier und roch nach Staub und Zement. Außer ein paar herumliegenden Brettern, zerbrochenen Styroporplatten und Eisenstangen wirkte dieser Bereich seltsam leer und aufgeräumt.

Paul achtete gleichwohl darauf, wohin er trat, um keine möglichen Spuren zu verwischen. Doch schien es auf dem kahlen Zementboden keine Spuren zu geben, die zu beschädigen oder zu verwischen waren.

Hier an der schmalen Seite war die Etage offen. Der Fußboden war in der Breite des Fensters ein Stück ins Freie gerückt, sodass es eine balkonartige Ausbuchtung ergab. Hier sollte wohl eine Glasfront eingesetzt werden, die es noch nicht gab. Stattdessen sicherte ein provisorisches Holzgeländer, das am Bodenrand mit Schraubzwingen befestigt war, das Gelände.

Wiedfeld, der Leiter der Spurensicherung, beugte sich über den eisernen Geländerpfosten, an dem das Brett befestigt gewesen und dann durchgebrochen war. Ein zweiter Mann filmte mit einer Videokamera das Jackett, das am Rand der Etage lag.

Als Wiedfeld Reiches Schritte hörte, drehte er sich um. Der bärenhafte Mann, der in seinem weißen Schutzanzug wie ein riesiger Schneemann aussah, nickte Paul zu und wies dann zur Seite. »Am besten, du gehst da rüber, da hast du gute Sicht.«

Der Kommissar ging ein paar Schritte nach rechts und schaute in den Graben. In dieser Abböschung war das Fundament mit schwarzer Folie isoliert, die sich die ganze Mauer entlangzog. Und da unten lagen daumendicke und zum Teil verbogene Reststücke von Armierungseisen.

Leo Wielandt lag langgestreckt in dieser Senke, den Oberkörper seltsam hochgebogen, als habe er kräftig durchatmen wollen, die Arme seitwärts Richtung Kopf gelegt. Der Kopf war zurückgeworfen, die Augen waren weit aufgerissen. Er trug ein eierschalenfarbenes Hemd, an dem, wie der Kommissar bemerkte, keinerlei Flecken zu sehen waren.

Eine Latte des Geländers, das er bei seinem Sturz mitgerissen hatte, schaute unter seinen Beinen hervor.

Der Bauleiter saß immer noch auf dem Betonquader, als Paul zu ihm trat. Er war ein untersetzter Mann mit einem schwarzen Schnauzbart und dicken Tränensäcken. Der Bauhelm lag neben ihm mit der Öffnung nach oben, als erwarte er, dass Kleingeld hineingeworfen werde.

Paul zeigte ihm seinen Ausweis und der Mann starrte darauf. Irgendwie brachte er den bulligen Kerl, der da vor ihm stand und selbst ein bisschen wie ein Bauarbeiter aussah, nicht unter. Er kniff die Augen zusammen und las *Kriminalhauptkommissar*. Er nickte und murmelte etwas, was sich wie *Kosic* anhörte. Kosic sprach leise, was zu seiner kräftigen Gestalt so gar nicht passte. Aber das, was er gesehen hatte an diesem Morgen, hatte ihm die Stimme verschlagen.

Die Sonne schien, auch dieser Tag würde sehr heiß werden. Wie vergessen lag der Bau in seiner grauen Unfertigkeit. Wo es sonst hämmerte, sägte, klopfte, Motoren heulten und laute Stimmen zu hören waren, das Geknacke und Gesumme des Krans von draußen, herrschte jetzt Stille. Während Kosic durch das Hochparterre ging, hörte er nur seine eigenen Schritte auf dem Beton, er war in Gedanken ... und plötzlich, aus den Augenwinkeln, beim gleichgültigen Vorbeischauen, sah er das Jackett am Rand der Etage – und sah, dass die Latte an der Abschrankung fehlte, die Eisenstange war zur Seite gebogen ... Neugierig, ungläubig und verärgert trat er näher, blickte nach unten in den Abböschungsbereich, wo ihn ein Mann mit weit aufgerissenen Augen anstarrte.

»Haben Sie Ihre Leute heimgeschickt?« fragte der Kommissar. Die Baustelle machte für ihn einen aufgeräumten, irgendwie sonntäglichen Eindruck. Er stellte die Frage, um einen möglichst unverfänglichen Anknüpfungspunkt für das Gespräch zu haben.

Kosic stand langsam auf und tastete seine Taschen ab. Er fand die Zigaretten und zündete sich einen Stängel an.

Obwohl ihn die Sonne blendete, nahm Paul die Sonnenbrille ab.

»Was?« fragte Kosic. Er war immer noch verstört.

Der Kommissar wiederholte die Frage.

»Es sind Bauferien. Im August sind Bauferien«, murmelte Kosic und tat einen tiefen Zug. Es schien, als habe er sich aus seiner Starre gelöst.

»Ach! Ich hab immer gedacht, auf dem Bau wird durchgearbeitet. Aber Sie waren ja da!«

Kosic schaute auf die Zigarette in seiner Hand. »Als Bauleiter kontrolliere ich …« Er räusperte sich und seine Stimme brach ab. »Sehe einmal in der Woche nach, ob alles in Ordnung ist.«

Es stellte sich heraus, dass auch in den Bauferien, die üblicherweise zwei Wochen dauern, in Abständen nach der Baustelle geschaut wird. Das machte normalerweise der Bauleiter oder jemand anderes von der Bauleitung.

Paul trat einen Schritt zur Seite, um im Schatten zu stehen. »Kannten Sie den Mann? Haben Sie ihn schon mal auf der Baustelle – oder anderswo – gesehen?«

»Ich hab ihn schon mal hier gesehen.«

»Wann war das?«

»Vor einem Monat etwa. Mit der Gruppe. Als die anderen … als die Investoren da waren.«

»Sie meinen, er ist an dem Hotelprojekt beteiligt?«

»Soviel ich weiß, ja.«

Den ganzen Hintergrund dieses Hotelprojekts, Bauherren, Finanziers und so weiter, dachte Reiche, muss man untersuchen.

»Haben Sie, als Sie heute Früh herkamen, noch andere Leute bei der Baustelle gesehen?«

Kosic schüttelte den Kopf. »Niemand.«

»Ist Ihnen sonst was aufgefallen?«

Der Bauleiter warf den Zigarettenstummel auf den Boden und trat darauf. »Nichts.«

Paul gab ihm seine Visitenkarte. »Wenn Ihnen noch was einfällt ... Sie müssen später auch das Protokoll unterschreiben.« Er drehte sich um und beschattete seine Augen, um den Hotelkomplex zu betrachten. »Wir brauchen Sie noch«, sagte er und setzte im Gehen seine Sonnenbrille wieder auf.

7

Er trat in den Schatten der breiten Eingangstreppe und rief Kriminalrat Hoffmann an. Egal, was Wiedfeld noch an Einzelheiten berichten würde, das hier war weder ein Suizid noch ein Unfall. Er sagte Hoffmann, man benötige »das ganze Besteck«. »Hab ich mir gedacht«, brummte der Kriminalrat. »Die Leute kommen.«

Danach rief Reiche Doris an, erreichte aber nur ihre Mailbox, auf der er eine kurze Nachricht hinterließ.

Die Fotoreporterin, die die ganze Zeit um die Baustelle gewandert war und unzählige Bilder geschossen hatte, war am Bus der Kriminaltechnik angekommen und fotografierte die Kommissare. Oberkommissar Tann ging drohend auf sie zu, worauf sie einen Schritt rückwärts machte und lachend die Hände hob. »Schon gut, schon gut!«

Hauptkommissar Wiedfeld kam die Treppe herunter. Er winkte Paul, ihm zum Bus zu folgen. Reiche wusste, er wollte so schnell wie möglich aus seiner weißen Latexhülle raus. Am Bus der Spurensicherung hielt ihm Tann den großen Plastiksack auf und Wiedfeld entsorgte seinen Schutzanzug.

»Seid ihr fertig?« fragte Paul.

Der Kriminaltechniker zog die Handschuhe aus. »Jentsch und Eichel kommen gleich.«

»Und?« fragte Reiche.

»Da ist nicht viel. So gut wie keine Spuren auf dem kahlen Beton.«

»Hab ich mir gedacht.«

»Kommt selten vor. Wir haben die Jacke …«

»Ja?«

»Ich nehme an, die hat er ausgezogen, weil es so heiß war – und beim Sturz fallen lassen.«

»Papiere, Ausweis, Geld?«

»Alles da.« Wiedfeld fuhr sich mit den Fingern durch die roten Haare, die in der Sonne wie Kupfer leuchteten. »Nur Handy haben wir keins gefunden.«

»Irgendwelche Kampfspuren?«

»Nichts. Aber da muss man die Obduktion abwarten.«

»Sonst?«

Wiedfeld zuckte die Schultern. »Da ist nur noch der Stock.«

Paul sah auf. »Was für ein Stock?«

»Sein Spazierstock. Den hast du gar nicht gesehen vorhin? Der lag unten am Rand. Jentsch kann ihn dir nachher zeigen.«

»Ich hab Wielandt nie mit Stock gesehen«, murmelte Reiche.

Das passte gar nicht zu dem Bauern. Gut, der Mann war weit über sechzig. Aber er wirkte trotz seiner Korpulenz gelenkig und fit. Allerdings – letzte Woche (mein Gott, dachte Paul, war das erst letzte Woche?), als Wielandt das Wildschwein aus dem Wagen hob, konnte es sein, dass da ein Stock im Gepäckraum des Landrovers gelegen hatte – oder bildete er sich das jetzt ein?

»Kein Zierstock«, ergänzte Wiedfeld, »so ein richtiger, du weißt schon: so einer, wie man sie früher an den Andenkenläden an der Schwarzwaldhochstraße kaufen konnte.«

»Was Auffallendes dran?«

»Die Fingerabdrücke werden wir untersuchen.«

»Kein Raubüberfall, kein Selbstmord, kein Handy ...« Reiche dachte laut nach. »Was hat der Mann auf der Baustelle gemacht? Mit wem hat er sich getroffen? Und warum gerade hier?«

Kommissar von Barden kam auf sie zu. Er nahm seine teure Armani-Sonnenbrille ab und steckte sie in die Brusttasche seines Sommerjacketts. »Ich hab grad mit dem Bürgermeister gesprochen.« Er zeigte vage in Richtung Absperrung. »Er sagte, Wielandt habe zur Gruppe der Investoren des Hotels gehört.«

Paul nickte. »Und, was hat er noch gesagt?«

»Offenbar war Wielandt eine ziemlich große Nummer hier im Ort.«

Jentsch und Eichel hatten ihre Arbeit beendet und kamen die Eingangstreppe herunter. Jentsch trug in einer durchsichtigen Plastiktüte Leo Wielandts Spazierstock. Reiche schaute ihn sich näher an. »Scheint ein ganz normaler Wanderstock zu sein.«

»Schon was Besseres«, meinte Jentsch. Er deutete auf das Holz. »Hier, diese Verzierung. Nennt sich Spiraldrehung.«

»Sieht man gar nicht gleich. Sonst irgendwelche Spuren?«

Jentsch schüttelte den Kopf. »Nur'n paar Kratzer.«

Paul wandte sich an von Barden. »Rufst du den Bestatter an? Der ...« Er zögerte. »... ehm ... Tote kann jetzt in die Rechtsmedizin nach Freiburg.«

»Hab schon angerufen.«

Reiches Handy brummte. Es war Kommissarin Fehrholz, die sich bei der Tankstelle umgesehen hatte. Während er zuhörte, schaute er hinüber zum Baukran, wo der Bauleiter immer noch auf dem Betonsockel saß und ins Leere stierte.

Paul klappte sein Handy zu. »Es gibt Arbeit. An der Tankstelle steht Wielandts Wagen.«

Reiche und von Barden fuhren zum Wielandthof. Noch nie war Paul so froh über die Begleitung seines Assistenten gewesen. Er musste sich eingestehen, dass er Angst hatte, Anna Wielandt gegenüberzutreten – als ermittelnder Kommissar.

Er spürte, wie sich sein Nacken verspannte, als er in die wohlbekannte Hofeinfahrt einbog und vor dem Haus hielt. Das Gebäude lag in einem scharfen Licht, kein Lüftchen wehte. Irgendwo war eine Vogelstimme zu hören. Alles machte einen friedlichen, arglosen Eindruck – als könnte es nicht anders sein. Vor dem Schuppen stand ein dunkelblauer Polo.

Sie begegneten zuerst Stefan Wielandt. Er kam aus dem Stall und setzte sich auf die Bank neben die dösende Katze, ganz so, als habe er das vorfahrende Auto nicht bemerkt. Er saß vorgebeugt, sein pausbäckiges Gesicht mit der tiefen Kerbe zwischen den Brauen war von maskenhafter Starre. Die Ellbogen auf den Knien abgestützt, erinnerte er Reiche an den vor sich hinbrütenden Bauleiter.

Er sah auf, als Martin von Barden vor ihm stand. Reiche hielt sich einen Schritt dahinter. Die Katze flüchtete von der Bank.

»Herr Wielandt?«

Er hob langsam den Kopf, wie ein Mann, der sehr müde ist. Vor sich sah er von Bardens Dienstausweis. »Mein Name ist Martin von Barden. Und das –«, er schaute kurz zu Reiche, »ihn kennen Sie ja – ist Hauptkommissar Reiche. Er leitet die Ermittlungen.«

Stefan Wielandt richtete seinen Blick auf Paul und runzelte die Stirn. »Sie sind Kommissar?«

Reiche trat jetzt neben von Barden. Er wollte Wielandt die Hand geben, unterließ es aber. »Es tut mir Leid, Herr Wielandt, dass wir uns unter diesen Umständen wiedersehen.« Er räusperte sich. »Mein aufrichtiges Beileid.« Dann fügte er hinzu: »Wir haben ein paar Fragen an Sie.«

Stefan Wielandt schraubte sich langsam hoch, als habe er eine Zentnerlast zu tragen. »Wir gehen rein«, murmelte er.

»Ist Ihre Mutter da?«

Als Antwort ein halblauter Satz, den Reiche nicht verstand.

Sie gingen ins Wohnzimmer, in dem Paul noch nie gewesen war. Es war groß und mit alten Bauernmöbeln eingerichtet. Unwillkürlich musste Reiche an den Brand des Hofes denken – hatte man damals die Möbel gerettet? Wielandt zeigte wortlos auf die Eckbank. Er selbst setzte sich an die Seite unterm Herrgottswinkel. Den schmückte ein großes Kruzifix mit einem ausdrucksvoll geschnitzten Christus. Darüber hing ein kleines Hinterglasbild mit Maria und dem Kind.

Später fragte sich Paul, ob Stefan Wielandt wirklich begriffen hatte, dass sein Vater tot war. Es war ihm nicht so vorgekommen, als sei der Jungbauer besonders erschüttert. Er wirkte seltsam unbeteiligt, als ginge ihn die Sache nichts an. Reiche wusste aber, dass Menschen manchmal auf verstörende Weise auf den gewaltsamen Tod eines nahen Angehörigen reagierten. Gleichzeitig fielen ihm die lautstarken Auseinandersetzungen zwischen Vater und Sohn ein. Leo Wielandt hatte sich vom Bauer-Sein verabschiedet. Doch sein Sohn mochte die Arbeit, er liebte den Hof, wollte ihn modernisieren, die Milchwirtschaft weiterführen. Und saß doch am kürzeren Hebel, denn der Hof gehörte dem Vater. Und jetzt war der Vater tot …

»Wann haben Sie Ihren Vater zum letzten Mal gesehen?«

Vor Stefan Wielandt lag ein Glasuntersetzer, den er in Zeitlupe hin- und herschob. »Am Sonntag.«

»Ist Ihnen da was aufgefallen an ihm?«

»Nein.«

»Hatten Sie Streit mit ihm?«

»Nein.«

»Hat er gesagt, wohin er fährt?«

»Nein. Hat er nie.«

Reiche warf kurz einen Blick zu von Barden, der über Eck am Tisch saß und den Jungbauern aufmerksam ansah. Von Barden holte sein Notizbuch aus der Tasche und legte es vor sich hin. Es gab ihm die Möglichkeit, betont offiziell zu wirken, als wolle er sagen: ich halte hier alles schriftlich fest und das hat Bedeutung.

»Herr Wielandt«, sagte Reiche, »wir müssen davon ausgehen, dass Ihr Vater von einer anderen Person in diesen

Graben gestoßen wurde. Es gab also eine Auseinandersetzung. Fällt Ihnen jemand ein, mit dem Ihr Vater in letzter Zeit ernsthafte Auseinandersetzungen hatte?«

Stefan Wielandt gab ein Schnauben von sich. »Jemand?« Da war ein gewisser Hohn in der Stimme. »Da gab's mehr als einen.«

»Zum Beispiel?«

Stefan schwieg. Dann winkte er ab.

»Ihr Vater hat sich offensichtlich mit jemandem in dem Neubau getroffen. Warum gerade dort? Was verbindet ihn mit dieser Baustelle?«

Wielandt atmete tief durch. »Er ist ... war doch an dem Schuppen beteiligt.«

»Sie meinen, er hat Geld reingesteckt?«

»Mein Vadder hat denen unseren guten Grund und Boden zu Füßen gelegt.« Er stieß wütend den Untersetzer in die Mitte des Tisches.

»Verstehe.« Von Barden kritzelte in sein Buch. »Kennen Sie jemanden aus dem Umfeld des Bauprojektes?«

»Nein. Da hab ich auch keinen Wert drauf gelegt.«

»Hatte Ihr Vater ein Handy?«

»Sicher.«

Von Barden machte eine kleine Pause, bevor er fragte: »Wo waren Sie Sonntagnachmittag, Sonntagabend?«

Wielandt schaute zuerst zu Reiche, dann wieder zu von Barden. »Hä?«

»Sie haben mich schon verstanden.«

Der Bauer klopfte demonstrativ auf den Tisch. »Ich war hier.«

»Kann das jemand bezeugen?«

»Meine Mutter.«

Auf der Treppe waren Schritte zu hören und kurz darauf stand die Bäuerin mit einem schwarz gekleideten Mann in der Tür.

»Herr Reiche?« sagte sie verwundert. Ihre Augen waren geschwollen, in der Hand hielt sie ein Taschentuch. Der Mann neben ihr – an seinem weißen Kragen erkannte Paul, dass es der Pfarrer war – berührte sie kurz an der Schulter. »Anna – du kannst mich jederzeit anrufen.« Er nickte den Kommissaren zu, hob vage die Hand in Richtung des Jungbauern. »Stefan …« und ging.

Der junge Wielandt stand auf und kam hinter der Bank vor. Auch Reiche und von Barden erhoben sich.

»Mutter – der Herr Reiche ist … er ist von der Polizei.«

»Ja wie?« Anna Wielandt wischte sich schnell mit dem Taschentuch übers Gesicht.

Paul reichte ihr die Hand, die sie zögernd nahm. »Mein aufrichtiges Beileid, Frau Wielandt. Das ist mein Kollege von Barden. Wir untersuchen den Tod Ihres Mannes.« Er machte eine kleine Pause. »Ich bin Kriminalkommissar.« Er zeigte ihr seinen Dienstausweis.

Sie schaute schweigend Reiche an, dann von Barden, dann wandte sie sich an ihren Sohn. »Hasch den Benno erreicht?«

»Sein Handy ist noch abgeschaltet«, sagte Stefan Wielandt. An der Tür drehte er sich noch einmal um. »Ich guck nach dem Kälble.«

Die Bäuerin setzte sich an die äußerste Kante der Bank,

als habe sie vor, gleich wieder aufzustehen. Ihr Gesicht war eingefallen. Von der Spannkraft, die Reiche damals bei der Ankunft aufgefallen war, als Anna Wielandt vor ihm die Treppe hinaufging, war nichts mehr zu spüren.

»Können wir Ihnen ein paar Fragen stellen?« begann Reiche und setzte sich ebenfalls. Auch von Barden rückte seinen Stuhl an den Tisch.

»So. Ja«, murmelte die Bäuerin. Ihre Augen glitten unruhig hin und her. »Sie henn ja gar nix zu trinken.«

»Danke, Frau Wielandt. Im Moment brauchen wir nichts.«

Ihre Hände knüllten weiter das Taschentuch. »Wo is' er denn jetzt?« fragte sie unvermittelt.

Paul überlegte, wie er es sagen sollte. »Er ist nach Freiburg gebracht worden. Zur Untersuchung.«

Sie sah auf. »Nach Freiburg? Ja aber ... Wir müsset doch ... Er isch doch ...« Sie verstummte. Ihre Stimme war immer noch rau und dunkel, sie sprach zögernd, als müsste sie jedes Wort suchen.

»Frau Wielandt, wann haben Sie Ihren Mann zum letzten Mal gesehen?«

»Am Sunntig. Nachm Frühstück is er fort.«

»Und er ist am Abend nicht zurückgekommen?«

»Nei.«

Von Barden machte sich eine Notiz.

»Kam es öfter vor, dass er über Nacht wegblieb?«

Die Bäuerin sah Reiche schweigend an.

»Hat er gesagt, wo er hingeht?«

Wieder Schweigen.

»Haben Sie eine Ahnung … eine Vermutung, wo er hingegangen ist?«

Anna Wielandt klopfte mit dem Finger auf den Tisch. »Was fraget Sie'n da? Das goht Sie nix a!« Ihre Haltung straffte sich, als gelte es, einen Eindringling in die Schranken zu weisen.

Eine Fliege summte durchs Zimmer, prallte gegen die Scheibe. Trotz der Wärme waren alle Fenster geschlossen und die Luft lastete schwer im Raum.

Reiche entschloss sich, Klartext zu reden. »Frau Wielandt, Ihr Mann ist gewaltsam zu Tode gekommen. Davon ist auszugehen. Wir müssen alles wissen, was uns hilft, die Umstände aufzuklären.«

Sie schüttelte den Kopf, als könne sie dem nicht zustimmen. Aber der Kommissar spürte, dass sie nur Zeit brauchte.

»I woiß scho lang, dass da e Weibstück is!« brach es schließlich aus der Bäuerin heraus.

»Wissen Sie, wo …? Haben Sie einen Verdacht, wer …«

Sie schüttelte den Kopf. »Nei. Er hat's au immer abgstritte.«

»Hat sich Ihr Mann im Laufe des Sonntags noch einmal telefonisch bei Ihnen gemeldet?«

Anna Wielandt drehte den Kopf zu von Barden, der gefragt hatte.

»Der hat net agrufe.«

Es entstand eine kleine Pause.

»Ihr Mann benutzte einen Stock?« fragte schließlich Reiche.

»Er hat als so Gichtanfäll ghabt.«

»Sagen Sie ...« Der Kommissar zögerte. »Sie waren den ganzen Sonntagnachmittag hier auf dem Hof?«

Sie schaute ihn verwundert an. »Haja, freili. Mir henn doch melke müsse.«

»Und abends auch?«

»Natürlich.« Sie schüttelte unwillig den Kopf.

»Frau Wielandt«, sagte Paul und stand auf, »Ihr Mann hat doch sicher ein Arbeitszimmer. Das würden wir uns gern ansehen.«

Die Bäuerin starrte auf den Tisch und rührte sich nicht.

»Das Arbeitszimmer Ihres Mannes!« wiederholte Reiche mit Nachdruck.

Sie hob den Kopf. »Was? Ja – des. Wenn er's net abgschlosse hat.«

Auch von Barden erhob sich. »Er schließt sein Zimmer ab?«

»Woiß net. I gang net nei. I hab nur scho gsehe, dass er's als zusperrt.«

Das Zimmer war nicht abgeschlossen. Es war mit alten, aber gut erhaltenen Möbeln ausgestattet. Es gab einen großen Schreibtisch mit zwei abschließbaren Türen rechts und links, davor einen bequemen Bürostuhl, einen Lesesessel daneben, ferner eine Liege mit einem bunten Überwurf, einen Gewehrschrank, ein schweres Bücherregal, in dem ein Radio und ein kleiner Fernseher eingepasst waren, einen eisernen Garderobenständer und eine Kommode. Auf dem Schreibtisch lagen neben dem zugeklappten Laptop verschiedene Papiere und Zeitungen und ein schwarzes Notizbuch. Im Übrigen machte das Zimmer einen aufgeräumten und sauberen Eindruck.

»Wer putzt hier?« fragte Reiche.

»I net«, sagte die Bäuerin, die sich ebenfalls mit einer gewissen Neugier umsah.

Paul schaute sich die gerahmten Fotos auf der Kommode an. Auf dem einen war ein steif posierendes Ehepaar in Tracht zu sehen, offenbar Leos Eltern, das zweite Foto, schon in Farbe, zeigte die Familie Wielandt mit den halbwüchsigen Kindern und einem Schäferhund. Auf dem dritten und letzten stand ein schon schnauzbärtiger Leo Wielandt neben einem jungen Ehepaar, das ein etwa siebenjähriges Mädchen in die Mitte genommen hatte.

»Wer ist das?« fragte Reiche und deutete auf das Bild.

»Des isch der Hermann, sei Bruder, mit seinerer Frau und der Sandra.«

»Leben die hier in der Nähe?«

Anna Wielandts Gesicht vereiste. »Die lebe nimmeh. Nur d'Sandra.«

Er wandte ihr sein fragendes Gesicht zu.

»En Verkehrsunfall. Die Klei war net im Auto.«

»Tut mir Leid«, murmelte Paul. Das Zimmer war ein Fall für die Spurensicherung. Er sah, dass von Barden sich Latexhandschuhe anzog. »Wir nehmen nur den Laptop mit«, sagte er. »Hast du Siegel dabei?«

Eine überflüssige Frage. Sein Assistent hatte immer alles dabei – Dienstwaffe, Handschuhe, Siegel, Handschellen …

Reiche sah sich noch einmal um. Ein Streifen Sonne fiel auf den alten Teppich und brachte ein Stück seines dunklen

Rots zum Leuchten. Leo Wielandts Arbeitszimmer strahlte Ruhe und Gediegenheit aus. Erst jetzt bemerkte der Kommissar, dass die Schreibtischlampe brannte. Auch die Bäuerin sah es und machte Anstalten, das Licht zu löschen.

Reiche hob die Hand. »Nein, lassen Sie sie brennen.« Während von Barden den Laptop an sich nahm, sagte Paul: »Frau Wielandt, wir versiegeln jetzt das Zimmer. Das heißt, es darf von niemand mehr betreten werden. Nachher kommen Kollegen von der KTU und untersuchen den Raum.«

Sie nickte nur, drehte sich um und ging vor ihnen die Treppe hinunter.

8

Mit der Verstärkung, die eingetroffen war, trafen sie sich im Polizeiposten des Dorfes. Beim Eintritt in den großen Raum zog von Barden schnuppernd die Luft ein. Auch die anderen schnüffelten.

»Irgendwie riecht es hier …« begann von Barden.

»Nach Brötchen«, ergänzte Kommissarin Maiwald.

Polizeiobermeister Schädle, der aus dem Nebenzimmer mit zwei Stühlen kam, sagte: »Bis vor einem halben Jahr war hier eine Bäckerei.«

Schädle und sein Kollege Stern waren die Besatzung des kleinen Polizeipostens. Schädle war der Mann mit dem Heuschnupfen und Stern, der andere, war, um es vorsichtig zu sagen, mollig-gedrungen: es gab eine Mindestgröße für Polizisten. Die konnte Polizeimeister Stern nur um Millimeter überschritten haben.

Jetzt versuchte er die altertümliche Kaffeemaschine zum Laufen zu bringen und bemerkte: »Ich krieg hier drin immer Hunger.«

Während Reiche mit Kriminalrat Hoffmann telefonierte, wurde ihm plötzlich bewusst, dass er heute außer Espresso und einem Croissant noch nichts zu sich genommen hatte.

Polizeimeister Stern ließ schließlich von der Kaffeemaschine ab und kam an den Tisch. Reiche berichtete kurz vom Telefonat mit Hoffmann. Sie besprachen die weiteren Schritte und Paul verteilte die Aufgaben.

Reiche überlegte, ob er mit von Barden ins Waldcafé gehen sollte. Aber er verwarf die Idee gleich wieder. Im einzigen Metzgerladen des Ortes kaufte sich jeder ein Wurstbrötchen und eine Flasche Wasser.

»Ich brauch einen Moment zum Überlegen«, sagte der Kommissar. Auf dem Waldparkplatz waren sie die einzigen. Es war eine Stelle, die sich Reiche von seinen Wanderungen her gemerkt hatte. Rechter Hand verliefen die Waldwege, die sowohl nach Osten als auch nach Norden führten, links öffnete sich hinter dürrem Baumgestrüpp und einem sachten Abhang der Platz zu einer Wiese, durch die ein Bach floss. Am Rande des Parkplatzes waren einige Baumstämme gelagert, auf die sich die Kommissare setzten.

Mit der Tüte in der Hand, die Flasche neben sich, saßen Reiche und von Barden schweigend und schauten zur Wiese hinüber.

»Ist dir schon mal aufgefallen«, fragte der Hauptkommissar nach einer Weile, »dass im Wald nachmittags keine Vögel zu hören sind?«

»Du meinst, sie machen Siesta?«

»Sieht so aus.«

Reiche nestelte die Tüte auf. »Was fällt dir als erstes ein, wenn du an den Neubau oder an Wielandts Arbeitszimmer denkst?« fragte er und biss krachend in das frische Brötchen.

Martin breitete die Serviette, die er sich im Laden hatte geben lassen, auf seinen Knien aus. »Der Quilt.«

Reiche sah ihn an. »Der was?«

»Der Überwurf auf Wielandts Bett.«

»Die bunte Decke?«

Von Barden nickte. »Ich frage mich, wie dieser Quilt in Wielandts Zimmer kommt. Sowas kann man ja bei uns nicht kaufen.«

Reiche schraubte die Wasserflasche auf. »Gut, ein Puzzle. Lass uns ein paar Teile sammeln.«

»Warum hat die Schreibtischlampe gebrannt, wenn Wielandt schon am Sonntagvormittag den Hof verlassen hat?« fuhr Martin fort.

Paul nickte. »Nachhaken.«

»Er sagt nicht, wohin er fährt. Seine Frau vermutet, er hat eine Geliebte. Vielleicht war er aber auch woanders.« Von Barden, den Kopf vorgestreckt, biss vorsichtig in sein Brötchen.

»Wo und wie hat er den Tag verbracht? War er bei der Freundin – vorausgesetzt, es gibt sie wirklich. Bis jetzt ist sie nur eine Vermutung«, bemerkte Reiche.

»Er fährt Sonntagnachmittag zum Hof zurück, genauer: in Richtung Hof. Auf der Baustelle trifft er sich mit einer uns unbekannten Person.«

»Sein Handy«, nahm Martin den Faden wieder auf. »Sein Handy fehlt. Jemand hat das Handy an sich genommen. Vermutlich der, mit dem er sich getroffen hat.«

»Weil es ihn – oder sie – sonst verraten hätte«, sagte Reiche kauend.

Hinter ihnen knirschte der Kies. Ein Mountainbiker, bunt gekleidet wie ein Papagei, raste über den Parkplatz.

Die Kommissare aßen und schwiegen. Sie schauten auf die Wiese mit dem kleinen Bach, ein silbern glänzendes Rinnsal, das sich zwischen Sumpfkresse und Lupinen den Weg bahnte.

»Hatte Wielandt Feinde?« fragte von Barden.

»Kann man sagen«, antwortete Reiche. Dann erzählte er, was er von der Fehde zwischen den Wielandts und den Tandlers gehört und selbst mitbekommen hatte. »Und trotzdem«, schloss er, »hab ich, als ich im Urlaub in Freiburg war, den Jungbauern und die Tandlertochter zusammen im Café gesehen.«

Martin zog amüsiert die Braue hoch.

»Der alte Wielandt«, erzählte Reiche weiter, »wollte kein Bauer sein. Der war immer tiptop angezogen, eine Mischung aus Unternehmer und Landjunker. Hat mich irgendwie an Bismarck erinnert, dem er ähnlich sah.«

»Doch offiziell war er der Bauer.«

Paul zerknüllte die Tüte in seiner Hand. »Aber die Arbeit hat der Sohn gemacht. Und die Bäuerin. Der Stefan wollte, dass ihm der Hof endlich überschrieben wird. Da gab's Streit. Das hab ich selber mitgekriegt.«

Auf der Wiese stand eine Scheune, deren Dach in der Sonne schimmerte. Das warme Nachmittagslicht ließ das Grün vor ihnen mit dem Löwenzahn und den Lichtnelken dazwischen aufleuchten. Nur das Zirpen der Grillen war zu hören. Am liebsten wäre Paul Reiche in die Wiese gelaufen und hätte sich ins Gras gelegt. Aber er war jetzt Ermittler und nicht mehr Urlauber.

Der Tankwart, mit kahlgeschorenem Schädel, hieß Fred Kessler, wie dem Namensschild auf seiner Brust zu entnehmen war. Er starrte Reiche und von Barden misstrauisch an.

»Ich hab doch Ihrer Kollegin schon alles erzählt«, sagte er, nachdem ihm Reiche seinen Ausweis gezeigt hatte. »Da waren auch schon Leute von Ihrer Technik da und haben sich auf dem Parkplatz umgesehen.« Er rief etwas in den Nebenraum und gleich darauf kam eine junges Mädchen mit Ringen in Lippe, Augenbrauen und Ohren und stellte sich missmutig hinter die Kasse.

Kessler und die Kommissare gingen nach draußen und schauten sich auf dem Parkplatz um, dessen rückwärtiger Teil, da, wo Wielandts Wagen gestanden hatte, abgesperrt war. »Da gibt's net viel zu sehen«, sagte der Tankwart.

»Sonntags haben Sie geschlossen?«

Der Mann nickte.

»Kam es öfter vor, dass Herr Wielandt sein Auto bei Ihnen auf dem Parkplatz abgestellt hat?«

»Ich kann mich nicht erinnern, dass er das schon mal gemacht hat. Er hat immer nur getankt. Aber ich krieg natürlich auch nicht jedes Mal mit, wenn einer tagsüber hier seinen Wagen abstellt. Es ist ja mehr oder weniger ein öffentlicher Parkplatz.« Er deutete auf die leere Fläche. »Vom Laden, von der Kasse aus sehen wir den Parkplatz gar nicht.« Er zuckte mit den Schultern. »Warum auch?«

»Am Samstag haben Sie den ganzen Tag geöffnet?«

»Bis um sieben.«

»Und wie war das vorgestern?«

»Kurz nach sieben hab ich abgeschlossen und bin zu meinem Auto. Das wär mir sofort aufgefallen, wenn da Wielandts Landrover gestanden hätte. Da war aber nix. Da steht normalerweise auch abends nichts mehr, außer vielleicht mal ne defekte Karre, die noch abgeschleppt werden muss.«

»Und wann ist Ihnen Wielandts Wagen aufgefallen?« fragte von Barden.

»Als ich heut um sechs in der Früh herkam. Hab mich gewundert, dass der Landrover da stand.«

»Sie haben ihn gleich erkannt?«

Kessler winkte ab. »Natürlich kenn ich Wielandts Wagen. Ich hab noch gedacht, wie kommt der hierher, der muss ja schon über Nacht hier gewesen sein.«

»Sonst stand kein weiteres Fahrzeug da?«

»Nur unser alter Unimog, den wir manchmal als Abschleppwagen benutzen.«

Als sie auf den Tandlerhof fuhren, wurden sie vom Heulen einer Kreissäge empfangen. Der alte Tandler schob Knüppelholz durch die Säge. Er sah erst auf, als Reiche und von Barden vor ihm standen. Sie zeigten ihre Ausweise und Reiche sagte seinen Namen, aber da die Säge noch lief, verstand er sie nicht.

Eigentlich war diese Szene typisch für den ganzen Verlauf der Befragung, auch später, als im Haus Ruth und Petra Tandler dazu kamen. Es war, als würde immer noch die Säge laufen, die jede Kommunikation unmöglich machte.

Der alte Bauer führte sie in die Küche. Sie war niedrig, wie alle Räume in den alten Bauernhäusern, mit ausgetretenen Dielen, einem alten Spülstein neben dem modernen Spülbecken und einem Kachelofen. In der Mitte der Küche stand ein vernarbter Tisch mit schweren Holzstühlen. Das

Radio spielte leise. Ruth Tandler schaltete es aus, als sie mit Petra die Küche betrat.

Es wurde eine wortkarge Befragung. Steif und verkniffen saßen die Tandlers da, einsilbig beantworteten sie Reiches Fragen. Nein, keiner von ihnen hatte am Sonntag den Hof verlassen. Nein, Wielandt hatten sie längere Zeit nicht mehr gesehen. Als Reiche, an den alten Tandler gewandt, bemerkte, er habe ihn doch in der letzten Gemeinderatssitzung gesehen, nickte der Bauer widerwillig. »Ja.«

»Sie hatten Streit mit ihm. Im Waldcafé. Sie haben ihm gedroht.«

Er schüttelte den Kopf. »Das hat nichts zu sagen.«

»Der Gemeinderat hat abgelehnt, das Seilerhaus zu kaufen«, fuhr Paul fort.

Max Tandler zuckte mit den Schultern. Ruth und Petra saßen neben ihm am Tisch, aufrecht, den Blick über die Kommissare auf die Wand gerichtet.

»Sie haben Wielandt die Schuld gegeben, dass der Gemeinderat den Kauf abgelehnt hat, der Ihnen gutes Geld gebracht hätte.«

»Des isch vorbei«, knurrte der Alte. Er hatte die Angewohnheit, mit gesenktem Kopf den Blick nach oben zu richten, als würde er über den Rand einer Brille schauen.

Als der Kommissar fragte, was sie über die Beteiligung Wielandts an dem Hotel wussten, meldete sich Ruth. »Mir wisset nix. Des goht uns nix a.«

Von Barden beobachtete die Bäuerin, war fasziniert von ihrem gegerbten, zerfurchten Gesicht. Er saß etwas abseits und machte sich Notizen. Das Fragen überließ er ganz Reiche.

Schließlich wollte Paul wissen, wo Lukas sei.

»Gehen Sie hinüber, Sie kennen den Weg.«

»Ist er da?«

»Wissen wir nicht, er meldet sich net ab.«

Als sie wieder im Hof standen – Petra hatte sie schweigend zur Tür begleitet – atmete Martin hörbar aus.

»Puh, was für eine Familie! Da friert's einen ja.« Und er fügte hinzu: »Sie bestätigen gegenseitig ihre Alibis. Alle waren angeblich daheim.«

»Wir können ihnen im Moment nichts Gegenteiliges nachweisen«, meinte Reiche. »Sie schotten sich ab. Das hab ich bei meinem ersten Besuch schon erlebt. Dabei hat jeder von ihnen ein Motiv. Der Alte auf jeden Fall. Und auch Petra ist mal vom alten Wielandt öffentlich beleidigt worden.«

»Was du alles weißt!« bemerkte von Barden.

»Naja«, grinste Reiche, »wenn man am Tatort schon Urlaub gemacht hat ...«

Sie gingen hinüber zu Lukas Tandlers Werkstatt. Aber auf Reiches Klingeln rührte sich nichts.

Von Barden deckte mit der Hand die Spiegelung der Fensterscheibe ab. »Niemand zu sehen.«

»Der ist nicht da.«

Nachdem sie sich getrennt hatten und Paul wieder in seinem eigenen Wagen saß, überlegte er, ob er sich gleich auf den Heimweg machen oder noch ins Waldcafé fahren sollte. Aber dann spürte er seine Müdigkeit und verließ das Dorf.

Während der Fahrt genoss er den lauen Abend, die Dämmerung, die langsam hereinbrach. Irgendwann fiel ihm die

Geschichte mit der gemeinsamen Wohnung ein. Er musste sich äußern. Aber wollte er mit Doris überhaupt zusammenziehen?

Ja, er wollte. Aber nicht so schnell. Und nicht unter Druck. Nicht unter Zwang. Oder waren das vorgeschobene Gründe? Hatte er vielleicht doch Angst? Denn wenn sie zusammen wohnten, gab es kein Ausweichen mehr. Er konnte sich dann nicht mehr in seine eigene Wohnung zurückziehen. Andererseits: die Vorstellung, immer mit ihr zusammen zu sein, gefiel ihm. Er übernachtete ohnehin die halbe Woche bei ihr. Warum also sein Zögern? Weil Doris ihn schon einmal fallen gelassen hatte, Knall auf Fall zu einem anderen war? Aber das war eine alte Geschichte. Er durfte ihr nicht unrecht tun. Inzwischen waren Jahre vergangen und die Doris von heute war nicht mehr die Doris von damals.

Als er die Stadt erreichte und sich am ersten Kreisverkehr entscheiden musste, in welche Wohnung er fuhr, fiel ihm ein, dass heute Montag war. Montag war Doris' Tennistag, da war sie nach dem Spielen bis in den späten Abend mit ihren Tennisdamen zusammen. Das nahm ihm die Entscheidung ab.

9

Kriminalrat Hoffmann hatte die »Große Lage« erst auf zehn Uhr gelegt, da Staatsanwalt Geiger unbedingt dabei sein wollte, vorher aber noch einen Termin wahrnehmen musste.

Wie üblich fand die Besprechung im Berliner Zimmer statt und Silberchen Fleig – die es sich streng verbat, wegen ihres leichten Silberblicks Silberchen genannt zu werden – hatte die bis jetzt geschriebenen Protokolle verteilt und drei Flaschen Wasser samt Gläsern auf den Tisch gestellt. Die Fenster waren weit geöffnet, denn in der Nacht hatte es kurz geregnet und nach der Hitze der letzten Tage hatte sich die Luft abgekühlt.

Paul war beizeiten gekommen, um sich um sein Protokoll zu kümmern und die Schreibarbeit nicht wie sonst üblich vor sich her zu schieben. Kommissar Steding von der Kriminaltechnik, der Jüngste in der Runde, hatte schon den Overhead-Projektor, die Magnettafel und den Fernseher in Stellung gebracht.

Als Staatsanwalt Geiger kurz nach zehn mit wehendem Seidenschal – den er immer trug, auch im Sommer – erschien, saßen oder standen alle um den großen Tisch und warteten. Nach einer kurzen Begrüßung bezog Geiger seinen üblichen Posten neben dem Aktenschrank, nachdem er sich vergewissert hatte, dass auch nach dem Ablegen des Schals seine Fliege nicht verrutscht war.

Der Kriminalrat schaute kurze in die Runde: »Als erstes möchte ich mir die Bilder vom Tatort ansehen.«

Alle wandten sich zur Schmalseite des Raumes, wo der große Flachbildschirm stand. Steding, der schon alles vorbereitet hatte, drückte auf die Fernbedienung.

Es war für Reiche jedes Mal ein eigenartiges Gefühl, von einem Tatort Bilder auf dem Monitor zu sehen. Plötzlich kam ihm das, was da zu sehen war, wie arrangiert vor. Es hatte sich in etwas anderes verwandelt. Es war etwas anderes als das, was er kurz vorher selbst gesehen hatte. Die Szene war fremd, aber sie hatte auch etwas Scharfes, Stetiges bekommen, sie war im wahrsten Sinn des Wortes *festgehalten*.

Der dicke Wielandt, der da unten lag, wirkte auf den Bildern wie einer, der nur gestolpert ist. Er sah eigentlich nicht hilflos aus, eher überrascht. Man erwartete, dass er sich gleich wieder aufrichten würde.

Alle schwiegen, während die Kamera über das Innere des Baues, den Balkon, Wielandts Jackett und den neben dem Körper liegenden Stock schwenkte.

Als die Vorführung zu Ende war, herrschte einen Moment Schweigen. Dann sagte Hoffmann: »Kann man sagen, ob ein Kampf stattgefunden hat?«

Kommissarin Fehrholz schüttelte den Kopf. »Es gibt keine Kampf- oder Abwehrspuren an der Kleidung. Auch der Körper weist sonst keinerlei Verletzungen auf, also Kratzspuren, Hämatome oder dergleichen.«

»Nur noch mal so als Idee«, sagte Hoffmann, »kann es nicht doch ein Unfall gewesen sein?«

»Wie soll das gehen? Der Mann steht mit dem Rücken zum Balkon und kippt plötzlich, die Absicherung mitreißend, nach unten?«

»Ein Herzinfarkt?«

»Der Pathologe sagt nein.«

»Also gibt es schon den Obduktionsbericht?«

Fehrholz hielt ein Blatt hoch. »Eine Kurzfassung. Vorhin per Fax gekommen.«

»Lies vor.«

»Es handelt sich um eine tödliche thorakale Pfählungsverletzung. Durch den Sturz, durch die Höhe des Sturzes und das beträchtliche Eigengewicht des Opfers ist das Moniereisen zwischen der fünften und sechsten Rippe dorsal eingedrungen und hat die Gefäße im Bereich des Lungenhilus vollständig perforiert. Das Opfer ist innerhalb kurzer Zeit an innerer Blutung verstorben. Es gibt keinerlei Kampf- bzw. Abwehrspuren am Körper.«

»Todeszeitpunkt?«

»Sonntagspätnachmittag, früher Abend. Dr. Rosner sagt, genauer lässt sich das nicht mehr eingrenzen. Auch die toxikologische Untersuchung hat nichts Signifikantes gebracht. Kein Alkohol, keine Rauschmittel, allerdings Schmerzmittel. Welche genau, da läuft die Untersuchung noch.«

»Wielandt litt unter Gichtanfällen«, warf Paul ein.

Hoffmann schaute auf eine kleine Karteikarte, auf die er sich mit seiner winzigen Schrift Notizen gemacht hatte. »Gut. Was sagt die Spurensicherung?«

Wiedfeld klappte die kleine speckige Ledermappe, in der er gerade noch etwas gesucht hatte, zu. »Am Tatort selbst gibt es praktisch keine Spuren.« Er machte mit seiner riesigen Hand eine unbestimmte Bewegung. »Was selten vorkommt, aber es kommt vor. Wir haben da nur staubigen

Betonfußboden, so gut wie keine Anhaftungen. Auch an dieser Abstützung, diesem Holzgeländer, ist nichts. Denn meistens tragen Bauarbeiter Handschuhe oder ihre Hände sind staubig. Auch in dem Graben, in den er gefallen ist, haben wir nichts Verwertbares gefunden. Sein Jackett und der Stock werden noch im Labor untersucht.«

»Was ist mit dem Auto?«

»Den Landrover haben wir durchgecheckt.« Er zuckte mit den Schultern. »Auch da nichts Auffälliges. Oder sagen wir so: nichts, was uns im Moment auffallen könnte.«

»Nicht das geringste?«

»Nein. Außer der Tankquittung einer Freiburger Tankstelle, Fichtennadeln und Walderde im Gepäckraum.« Dann fügte er hinzu: »Und das Blatt einer vertrockneten Blüte – uralt.«

»Was hat das Absuchen der Neubauumgebung gebracht?« fragte Hoffmann.

Der lange Tann schüttelte den Kopf. »Da wohnt ja niemand, da kommt auch niemand hin, der nichts mit dem Bau zu tun hat.«

»Was ist mit Wielandts Arbeitszimmer?«

»Damit sind wir gestern fertig geworden.« Wiedfeld wies mit dem Kopf Richtung Fenster, das weit offen stand. Draußen war auf dem Nachbargrundstück ein Rasenmäher in Betrieb genommen worden, der einen infernalischen Lärm verursachte. Silberchen Fleig stand auf und schloss das Fenster.

»Wir können uns nachher die Aufnahmen ansehen«, sagte Wiedfeld. »Der Mann war absolut ordentlich. Ob im Zimmer was von Bedeutung für uns ist, kann man jetzt noch nicht sagen.«

»Irgendwas Auffallendes?«

Von Barden sah neugierig zu Wiedfeld hinüber. Der wiegte den Kopf. »Vielleicht die Decke auf seiner Liege. Die ist für einen Schwarzwälder Bauern doch eher untypisch.«

Hoffmann zog die Brauen hoch. »Inwiefern?«

»Ein Quilt. So ein Überwurf, der aus verschiedenen Stoffvierecken zusammengenäht ist.«

»Sowas hat man in Amerika«, bemerkte von Barden.

»Und wie kommt Wielandt zu sowas?«

Wiedfeld zuckte mit den Schultern.

»Also nachhaken. Und Wielandts Computer?«

»Da sind wir noch dran.«

»Was hat die Auswertung von Handy und Telefon ergeben?«

»Wielandts Handy haben wir bis jetzt nicht gefunden. Vom Festnetz haben zuletzt nur Stefan, also der Jungbauer und seine Mutter telefoniert. Die Nummern überprüfen wir noch.«

Hoffmann warf einen Blick auf seine Notizen. »Warum hat er seinen Wagen an der Tankstelle geparkt? Warum nicht am Neubau?«

Der lange Tann räusperte sich. »Von der Tankstelle zum Neubau sind es keine hundert Meter.«

»Die Frage ist doch: warum hat er sich mit der Person dann nicht gleich auf dem leeren Parkplatz an der Tankstelle getroffen?«

»Er ist ja an dem Bau beteiligt«, sagte Reiche. »Vielleicht wollte er einfach mal sehen, wie weit sie sind.«

»Es könnte aber auch sein«, ergänzte von Barden, »dass derjenige, mit dem er sich traf, ebenfalls mit dem Bau zu tun hatte.«

Hettich, wie immer Kaugummi kauend, fragte: »Wissen wir inzwischen schon was über diesen Hotelneubau, über die Baugesellschaft?«

Alle schauten auf Schubert, den »Mann-der-alles-weiß«, berühmt für seine Recherchearbeit. Reiche stellte fest, dass der Kollege, der eine Vorliebe für einfarbige Westen hatte, heute eine violette Weste trug.

Schubert schlug den Schnellhefter, der vor ihm lag, auf. »Finanziert wird das Hotelprojekt durch einen geschlossenen Immobilienfonds. Das ist ein Fonds, der nur für ein spezielles Projekt gegründet wird, in unserem Fall für den Bau eines mittelgroßen Hotels im Schwarzwald. Der reine Bau hat ein Volumen von ca. 25 Millionen Euro.«

Jemand pfiff durch die Zähne.

»Der Fonds hat dieses Geld an die Hercynia AG als Bauträger gegeben und die wiederum hat das Architekturbüro Mattes und Partner mit der Planung und Ausführung des Vorhabens beauftragt. Für den Rohbau ist die Baufirma Bott & Bayer verantwortlich.« Er schaute in die Runde, ob ihm alle folgten.

»Zu den Zeichnern, also Geldgebern des Fonds, gehören einige wenige Privatpersonen, in der Hauptsache aber regionale Unternehmen, zum Beispiel eine Brauerei. Was nun Leo Wielandt angeht, so besteht sein Beitrag darin, dass er das Grundstück für das Hotel eingebracht hat.« Schubert machte eine Pause. »Mit einem Wert so um die 400 000 Euro.«

»Ganz schön viel für einen Bauern«, meinte Hettich.

»Gibt – oder gab es denn Widerstand gegen den Bau des Hotels, ich meine, weiß man was von Protesten oder dergleichen? Gibt es da Benachteiligte, irgendwelche Umweltschutzsachen?«

»Müssen wir noch klären«, sagte Reiche.

»Die Frage ist doch«, Hoffmann klopfte mit dem Zeigefinger auf den Tisch, »was macht Wielandt an einem Sonntagnachmittag in dem Neubau?«

»Sicher scheint: er hat sich mit jemandem getroffen. Und im Verlaufe dieser Begegnung ist er gefallen …«

»Oder gestoßen worden«, ergänzte Monika Maiwald.

»Hat ihn also jemand hingelockt, um ihn umzubringen?« fragte von Barden.

Paul schloss für einen Moment die Augen. »Leo Wielandt steht auf dem Balkon und schaut ins Innere des Hauses. Plötzlich kippt er nach hinten. Warum?«

»Mit wem hat er sich getroffen? Wenn wir das wissen, wissen wir auch, was passiert ist«, sagte Hoffmann.

Staatsanwalt Geiger hüstelte und zupfte an seinen Manschetten. Alle schauten zu ihm hin. »Gibt es Verdächtige – im weitesten Sinn?«

Reiche nickte. »Gibt es. Das, was zwischen den Familien Wielandt und Tandler läuft – das kann man durchaus als Feindschaft bezeichnen. Und das geht schon über zwei oder drei Generationen. Allerdings« – Reiche hob die Hand – »gibt es auch eine Besonderheit – jedenfalls auf den ersten Blick.«

Er erzählte vom Treffen Stefan Wielandts mit Petra Tandler in Freiburg.

Monika Maiwald murmelte etwas.

»Bitte?«

Sie lächelte Paul kurz an. »Romeo und Julia auf dem Lande.«

Kriminalrat Hoffmann winkte irritiert ab. »Erzähl mal, du hast die Leute ja näher kennen gelernt. Hast du mit allen gesprochen?«

»Mit dem Tandlersohn noch nicht. Den haben wir nicht angetroffen.« Paul besann sich kurz. »Dann gibt es noch den jüngsten Wielandtsohn, der studiert in Freiburg. Den hatte die Familie am Sonntag noch gar nicht erreicht.«

»Mögliche Motive?« fragte Geiger.

»Jeder von ihnen hätte ein Motiv«, fuhr Reiche fort. »Vor allem der alte Tandler. Da hat Wielandt dafür gesorgt, dass das Seilerhaus nicht von der Gemeinde gekauft wurde. Die Tandlers hätten das Geld gut gebrauchen können. Immerhin an die 200 000 Euro. Ich hab selbst erlebt, wie Tandler nach der Gemeinderatssitzung dem Wielandt gedroht hat.«

»Aber seine Schwester und seine Tochter geben ihm ein Alibi«, bemerkte von Barden.

»Und Lukas, der Sohn, hat auch einen Hass auf Wielandt. Er beschuldigt ihn, seinen Hund erschossen zu haben. Der Lukas ist sogar auf dem Wielandthof erschienen und hat den Alten beschimpft.«

»Und – hat er?« fragte Hettich.

»Hat er was?«

»Den Hund erschossen?«

»Keine Ahnung. Jedenfalls ist der Hund öfter im Wald rumgelaufen – und irgendwann nie mehr aufgetaucht.«

Silberchen Fleig ging zum Fenster und öffnete es wieder. Der Rasenmäher war verstummt.

»Wie sieht's denn innerhalb der Familie Wielandt aus?«

»Der Jungbauer hatte dauernd Krach mit seinem Vater. Er macht zusammen mit seiner Mutter die ganze Arbeit, der Alte selbst rührt auf dem Hof keinen Finger, hat aber offiziell das Sagen. Und boykottiert immer wieder Pläne seines Sohnes.« Paul breitete die Arme aus. »Der alte Wielandt wollte kein Bauer mehr sein. Der sah auch gar nicht mehr wie einer aus. Der hat seinem Sohn dauernd Knüppel zwischen die Beine geworfen, sich aber gleichzeitig geweigert, ihm den Hof zu übergeben. Stefan war wütend auf den Alten, zumal er in die Geschäfte seines Vaters in keiner Weise eingeweiht worden ist.«

»Also profitiert er jetzt davon, dass der Alte nicht mehr da ist.«

Reiche nickte. »Zwar ist die Mutter die Erbin, aber die lässt den Stefan sicher machen. Vielleicht überschreibt sie ihm auch den Hof.«

»Wie war ihr Verhältnis zu ihrem Mann?«

»Sie war sicher, dass er eine Geliebte hat. Er kam und ging, wie es ihm passte, war viel unterwegs. Ich hab selber erlebt, wie Wielandt seine Frau behandelte.«

»Ja?«

»Gleichgültig, von oben herab, verletzend.«

Schubert und Schmidt machten sich als einzige Notizen. Oberkommissar Schmidt, den Reiche wegen seiner buschigen Augenbrauen manchmal Räuberhauptmann nannte, war nahe am Pensionsalter. Er war der bedächtigste von ihnen, aber auch derjenige mit der meisten Erfahrung. Er und Schubert arbeiteten nur noch im Innendienst, wo sie ein gut eingespieltes Team waren.

»Sagtest du nicht, dass sich der junge Wielandt und die Tochter vom Tandler getroffen hätten?« fragte Hoffmann. »Lief zwischen denen was?«

»Keine Ahnung«, sagte Paul. »Wenn, dann halten die beiden das unter der Decke.«

Hettich lachte laut auf und von Barden zog amüsiert die Braue hoch.

Reiche schaute sie fragend an, bevor er begriff und selbst schmunzeln musste. »Jedenfalls hätte es dem alten Wielandt überhaupt nicht gefallen. Dem alten Tandler übrigens auch nicht.«

»Vielleicht läuft da wirklich was zwischen den beiden und der Alte hat's rausgekriegt«, meinte Monika Maiwald.

»Und seinen Sohn zur Rede gestellt«, vollendete Fehrholz den Gedankengang.

»Es gab Streit … Handgreiflichkeiten …«

Sie schwiegen einen Moment.

»Da gibt es doch noch diesen anderen Sohn, oder?« fragte Hoffmann.

»Benno. Den hab ich nie zu Gesicht bekommen«, antwortete Reiche. »Der wohnt in Freiburg und lässt sich auf dem Hof wohl nur selten blicken.«

Hoffmann klopfte mit dem Finger auf den Tisch. »Wir müssen uns mit den Familien genau beschäftigen. Vor allem, was ihre Alibis angeht.« Hoffman strich über seinen Schnauzer. »Aber vielleicht gibt's noch andere Spuren und die Sache hat einen völlig anderen Hintergrund. Es muss jedem noch so winzigen Anhaltspunkt nachgegangen werden.«

10

Nachdem das weitere Vorgehen besprochen und die Aufgaben verteilt worden waren, gingen Reiche und von Barden zum Parkplatz. »Sieh zu, dass du beim Bürgermeister was rauskriegst«, sagte Paul. »Vielleicht erfährst du ja was über Wielandts kommunalpolitische Aktivitäten.«

Als Reiche das Waldcafé betrat, erstarben die Gespräche. Die Gäste – es waren nicht viele, die meisten saßen um diese Zeit im Garten – starrten ihn an. Paul sah sich um und entdeckte Breitbach an ›seinem‹ Tisch. Bei ihm saß eine kleine, etwas pummelige Frau mit orangerot gefärbten Haaren.

»Darf ich mich setzen – oder stör ich?«

Der Lehrer deutete auf einen freien Stuhl.

»Darf ich vorstellen, Frau Joos, eine ehemalige Kollegin von mir – ähem …« Breitbach räusperte sich. »Herr Reiche.«

Ungeachtet der förmlichen Begrüßung war Breitbach wie immer. Frau Joos lächelte, ihr rundes Gesicht hatte etwas Schalkhaftes.

»So sieht man sich wieder«, sagte der Lehrer.

»Diesmal bin ich beruflich da«, sagte Reiche.

Breitbach nickte. »Hat sich schon herumgesprochen.« Und lächelnd fügte er mit Betonung hinzu: »Herr Kommissar!«

Frau Joos legte kurz ihre Hand auf Breitbachs Unterarm. »Peter, ich mach mich auf den Weg …«

»Ich wollte nicht …« protestierte Reiche.

Indem sie sich erhob, sagte Frau Joos: »Ich wollte ohnehin gehen.«

Auch Reiche und Breitbach standen auf.

»Zahlst du meine Schorle?«

Breitbach winkte ab.

Achim kam an den Tisch. Er sah ungewohnt ernst aus, als habe er Reiche eine unangenehme Nachricht zu überbringen. »Haben Sie schon gewählt?« fragte er.

»Eine Apfelschorle.«

»Man merkt, Sie sind im Dienst«, meinte Breitbach. Vor ihm stand wie immer seine dunkelbraune Teebrühe. »Spielt das Waldcafé in Ihren Ermittlungen eine Rolle?«

Er war völlig unbefangen, man hätte meinen können, er habe Reiche erst gestern gesehen.

»Ich schau mich um«, sagte Paul. »Alles kann eine Rolle spielen.«

Breitbach nickte. »Es heißt, Wielandt ist ermordet worden. Stimmt das?«

»Er ist vermutlich durch Fremdeinwirkung ums Leben gekommen«, sagte der Kommissar ausweichend.

Breitbach griff nach seiner Pfeife. »Der ganze Ort ist in Aufruhr. Der mächtige Wielandt tot!«

»Was schwätzen denn die Leut so?«

»Naja, es gibt zwei Fraktionen – die eine ist für Wielandt, die andere gegen ihn.« Er sog an der kalten Pfeife und legte sie unzufrieden wieder weg. »Man munkelt, dass der Alte Gemeinderatsmitgliedern Geld geliehen hat – die haben dann gegen Tandler gestimmt. Mehr weiß ich auch nicht. Muss auch nicht stimmen. Es wird viel geredet …«

Reiche wartete, bis Achim die Schorle serviert hatte. »Und was glauben Sie?«

Breitbach zuckte mit den Schultern. »Ich versteh's nicht. Wielandt war zwar hier der Platzhirsch – aber allgemein gesehen so eine große Nummer auch wieder nicht.«

»Und was heißt das?«

»Für wen sollte der Mann eine Bedrohung gewesen sein?«

Reiche trank einen Schluck und beugte sich vor. »Und wo waren Sie am Sonntagnachmittag?«

Breitbach runzelte die Brauen. »Ist das jetzt ein Verhör?«

»Das ist eine Frage, die ich in diesen Tagen vielen Leuten stelle.«

»Ich war hier.« Nach einer Weile fügte er hinzu. »Schon komisch. Ein bisschen erschrickt man doch.« Er lachte. »Ich hab kurz überlegt, ob nicht vielleicht ich Wielandt umgebracht habe.«

»Haben Sie?«

»Nein. Ich hätte auch kein Motiv.«

»Ja … das Motiv …« murmelte Reiche.

»Wenn ich Kommissar wäre …« Er grinste. »Sie wissen selber, von den Tandlers hätte jeder ein Motiv.«

»Jeder? Auch Ruth Tandler?«

Breitbach hob die Hände. »Ich will hier keine Gerüchte in die Welt setzen … Ich weiß auch zu wenig. Und vieles auch nur vom Hörensagen. Allerdings …« Er stockte.

»Allerdings was?«

»Wollen Sie wirklich mehr wissen über die beiden Familien und ihre Geschichten?«

»Natürlich.«

»Ich wüsste da jemand.«

»Ja?«

»Die alte Schöpf. Letztes Jahr ist sie achtzig geworden. Kommt aus dem Schwäbischen, was man immer noch hört. Sie wohnt im Haus neben mir. Sie war mal Pfarrköchin. Wenn eine was über die Leute hier weiß, dann sie.«

»Sie kennen sie gut?«

»Wir halten des Öfteren ein Schwätzchen.«

»Wenn ich zu ihr gehe und sage, ich komme von der Polizei, erzählen Sie mir was über die Wielandts und die Tandlers …«

Breitbach lachte. »Wenn Sie genau das zu ihr sagen – wird sie reden wie ein Buch.«

»Also eine Tratschtante.«

»Wie man's nimmt. Ich glaube, das Entscheidende wäre Ihr Ausweis. Polizei!« Er riss theatralisch die Augen auf. »Verstehen Sie? Abgesehen davon, redet sowieso der ganze Ort über Wielandts Tod.«

Paul trank seine Schorle aus. »Haben Sie schon was vor?«

Breitbach sah ihn erstaunt an. »Wie – jetzt gleich?«

In Reiches Vorstellung waren Pfarrköchinnen, auch ehemalige Pfarrköchinnen, eher dicke, wuchtige Frauen. Leni Schöpf war jedoch eine kleine zierliche Person mit schneeweißen Haaren. Sie schien in keiner Weise überrascht, als plötzlich ihr Nachbar mit einem fremden Mann vor der Tür stand.

Sie führte den Besuch in die Küche und wies auf die gepolsterte Eckbank, über der ein großes Kruzifix hing. Mit ihren tief in den Höhlen liegenden Augen schaute sie die Männer neugierig an. Eine Strähne ihres straff nach hinten zu einem Dutt zusammengebundenen Haares fiel über die Schläfe, sie strich sie mit einer mechanischen Handbewegung zurück. »Hier sieht's aus, gell? I bin erscht vorer Woch runnerzoge, i hab ja obe gwohnt. Aber des Treppesteige, d'Fieß wolle halt nemmeh richtich. Der Ewald, mei Neff, hat gmoint, zieh nunner, des Haus ghert dir doch. Unde war ja sell Büro, die sin auszoge. Bin ich nunner. Aber mei arms Peterle hat den Umzug net überstande … So e kleins Vögele is halt doch wie en alder Baum, den soll ma au net verpflanze …«

Obwohl Oma Schöpf, wie sie auch genannt wurde, eindeutig Schwierigkeiten mit den Beinen hatte – sie schlurfte in vorsichtigen, kleinen Schritten –, wirkte sie insgesamt wach und rüstig.

Breitbach stellte seinen Begleiter vor.

»En Kriminaler sin Sie?« Ihre Stimme war überraschend tief. »Ach Gott ja, der alt Wielandt, Jesses nei, es heißt, er isch umbracht worre. Gell net? Wer soll au so ebbs mache?«

Das alles sagte sie mit dem Rücken zu ihren Gästen, während sie klappernd an der Anrichte hantierte. Schließlich drehte sie sich um, in der Hand eine große Teekanne. »Ich sehs Ihne a, Herr Breitbach, rauche Se noh, bei mir derfe Se des. Mei Bruder, der Alois, Gott hab ihn selig, der hat au Pfeif graucht, un jetz, wo mei Peterle nemmeh da isch, störts mi net.«

Sie kam mit der Teekanne an den Tisch und stellte vor Breitbach und Reiche ungefragt große Tassen hin. Dann schlurfte sie wieder zur Kredenz, um auch für sich einen Teepott und die Zuckerdose zu holen.

»Wollet Se Zucker? Zum Melissetee nemm i als e bissle Zucker. Obwohl mir's der Doktor verbote hat.«

Sie sah die Männer mit zusammengekniffenen Augen an, während sie mit sicherer Hand den Tee eingoss. »Gell, ab und zu muss mer e bissle sindige.«

Sie setzte sich auf einen Stuhl, dem Kruzifix gegenüber, und während sie zwei gehäufte Löffel Zucker in ihren Tee schaufelte, fragte sie: »Jetz – was wellet Se wisse?«

Reiche nahm demonstrativ einen großen Schluck aus der Teetasse, obwohl Melissentee nicht zu seinen Lieblingsgetränken gehörte. »Mich interessiert der Streit zwischen den beiden Familien Wielandt und Tandler. Jeder hier scheint darüber Bescheid zu wissen.«

»Ja no, die ältere Leut wisset älles über d'Wielandts und Tandlers. Ma schwätzt allweil drüber. Es isch e alde Gschicht. Die Höf ware halt immer die größte im Dorf.«

Reiche strich über sein kantiges Kinn. »Das mit der Brandstiftung stimmt?«

»Freili. Der Hubert Tandler, also der Vadder vom Alten, war lang im Gfängnis.«

»Weiß man, warum er den Hof angezündet hat?«

»Ma kahs nur vermute.« Leni Schöpf schwieg. Sie wollte offenbar nicht mehr sagen.

»Frau Schöpf, ich weiß, das ist alles lang her«, sagte Paul. »Aber alles, was wir erfahren, kann für die Aufklärung des

Falles wichtig sein. Vielleicht gibt es Hinweise, die uns bei den Ermittlungen weiterhelfen.«

Weil sie weiter schwieg, fügte er hinzu: »Natürlich bleibt das alles unter uns.«

Sie schaute zum Kruzifix in der Ecke, wie um von dort nach Beistand zu fragen. »Der Leo Wielandt – also der jetzige – und die Ruth Tandler, die ware mal … also der Leo hat die Ruth praktisch sitze lasse.«

Breitbach hatte tatsächlich seine Pfeife gestopft und angezündet. Jetzt nahm er sie überrascht aus dem Mund. »Wie? Die waren mal verlobt?«

Die Schöpf nickte. »Die war so gut wie versproche. Aber dann hat sich der Leo für die Anna entschiede.«

»Und warum?«

»Es hat gheiße, die Ruth kriegt e Kind.«

Reiche schüttelte den Kopf. »Aber gerade dann hätte er sie doch heiraten müssen!«

»'s wär ja e unehelichs Kind gwä.«

»Aber doch von ihm?!« rief Breitbach und zog erregt an seiner Pfeife. »Oder war's net von ihm?«

»Sicher war's von ihm. Aber …« Sie machte eine Pause. »Ma woiß als net, was in de Mensche vor sich geht, gell.«

Reiche schüttelte den Kopf. »Aber dann müssen die zwei doch schon vorher, während der Leo mit der Ruth ging, angebändelt haben!«

»Wahrscheints. Die Anna hat halt auch mehr Sach mitbracht. Grundstück, die große Wiesen hinterm Allemendewald.«

»Und die Ruth Tandler?«

»Die isch von jetz auf nachher verschwunde.« Sie machte eine Handbewegung. »Die war Jahre weg. Wo weiß kei Mensch.«

»Und das Kind?«

»Sie isch ohne Kind zrück komme.«

»Vielleicht gab es gar kein Kind?«

»Ma woiß es net.« Leni Schöpf strich sich die widerspenstige Strähne aus der Stirn.

»Und Sie meinen, der Brand des Wielandthofes ...?«

»E paar Woche, nachdem die Ruth verschwunde isch, hat dem Wielandt sei Hof gebrannt.«

Breitbachs Pfeife stieß dicke Rauchwolken aus, ein leicht süßlicher Duft verbreitete sich im Zimmer. Einen Moment herrschte Schweigen. Dann fragte Reiche: »Und es war eindeutig, dass der alte Tandler, also dieser Hubert, den Hof angesteckt hat?«

»Genau weiß ma's net. Er hat's nie zugebbe. Aber scheints gabs vor Gericht genug Beweise.«

Paul merkte, dass sie noch etwas sagen wollte. »Ja, und?«

»Der alte Tandler ... ma schwätzt da ja net drüber ...« Sie zögerte.

»Der hat sich später umbracht.« Sie bekreuzigte sich flüchtig.

11

Gleich nachdem sich der Kommissar und Breitbach vor der Tür der Pfarrköchin verabschiedet hatten, brummte Reiches Handy. Es war Monika Maiwald. »Lukas Tandler ist verschwunden«, meldete sie.

Man traf sich wieder in der »Bäckerei«. Polizeiobermeister Schädle, auch heute mit geröteten Augen, wies Stolz auf die Kaffeemaschine, die er und Kollege Stern inzwischen wieder in Gang gebracht hatten und die nun röchelnd und schnaubend die erste Kanne füllte. Während Reiches Leute am freigeräumten Tisch saßen, stellten die »Hausherren« wortlos Tassen, Zucker und Milch hin.

Kommissarin Maiwald kam vom Tandlerhof, wo sie noch einmal die Bewohner befragt hatte. Reiche schätzte Maiwalds unkomplizierte und gleichzeitig einfühlsame Art, mit Menschen umzugehen, deshalb war ihm der Gedanke gekommen, sie dorthin zu schicken. Aber auch bei Monika Maiwald waren die Tandlers nicht gesprächiger gewesen. Und doch hatte die Kommissarin gleich gemerkt, dass etwas nicht stimmte. Schließlich stellte sich heraus, dass sie Lukas seit zwei Tagen nicht mehr gesehen hatten. Das Atelier war abgeschlossen, sein Rennrad fehlte.

»Angeblich ist er immer wieder mal für ein paar Tage weg«, sagte die Kommissarin und schenkte sich Kaffee ein. »Sie sagen, sie haben keine Ahnung, wohin er geht.«

»Sollen wir ihn zur Fahndung ausschreiben?« fragte Hettich.

Reiche überlegte. »Nein. Wir wissen noch zu wenig.«

»Er ist doch absolut verdächtig!«

Reiche massierte sein Kinn. »Verdächtig sind sie alle. Aber wir haben nichts in der Hand.«

»Wir müssen ihre Alibis überprüfen«, sagte Maiwald.

Reiche lachte auf. »Nur wie! Die halten zusammen.«

»Abwarten«, bemerkte von Barden. »Bis jetzt ist uns immer noch was eingefallen.«

»Wie war's bei dir?« Paul wandte sich an von Barden. »Hast du mit dem Bürgermeister gesprochen?«

Von Barden hatte den Stuhl ein Stück vom Tisch weggerückt, um seine langen Beine auszustrecken. »War interessant. Der Bürgermeister scheint nicht zu den großen Freunden Wielandts gehört zu haben.«

Hettich hörte einen Moment zu kauen auf. »Hast du gefragt, wo er Sonntagnachmittag war?«

Von Barden zog die Augenbraue hoch. »Du meinst: der Bürgermeister als Täter?«

»Das wär doch mal was.«

»Und?« fragte Kommissarin Fehrholz. »Hast du ihn gefragt? Ist doch denkbar, dass er sich mit Wielandt getroffen hat.«

»Er war beim Geburtstag seines Schwiegervaters.«

»Also, was hast du erfahren?« Reiche wandte seinen Blick ab von Kommissarin Fehrholz' großem Busen.

»Der Bürgermeister heißt –« von Barden blätterte in seinem Notizbuch, »Truckenboldt. Ich hatte ja schon am Tatort kurz mit ihm gesprochen.«

Reiche sah, wie Polizeimeister Stern breit grinste. Er unterbrach von Barden. »Kollege Stern, was ist?«

Stern versuchte ernst zu werden. »Ach, nichts …«

»Nun reden Sie schon!«

»Naja, der Name von unserem Bürgermeister. Sie glauben ja nicht, was man den schon alles geheißen hat.«

Schädle schaltete sich ein. »Es gab sogar mal einen Wettbewerb. Was man alles aus Truckenboldt machen kann.«

»Das fängt mit Trunkenbold an«, schaltete sich Stern wieder ein. »Türkenbrot, Trockenbrot …«

»Torkelgold«, ergänzte Schädle.

»Okay okay«, unterbrach Paul, der sah, wie verärgert Martin von Barden über die Unterbrechung war. »Also – was hast du erfahren?«

»Wielandt sei ein sehr engagiertes Gemeinderatsmitglied gewesen«, nahm von Barden den Faden wieder auf. »Engagiert, das war sein Lieblingswort. Aber damit gemeint hat er, dass sich Wielandt immer als Besserwisser aufspielte und auch versuchte, auf bestimmte Entscheidungen der Kommunalverwaltung Einfluss zu nehmen. Wielandt sei auch einer gewesen, der gern ausgeteilt habe, aber schlecht einstecken konnte. Außerdem gebe es Gerüchte, dass Wielandt einem Gemeinderatsmitglied eine größere Summe geliehen hat.«

»Merkwürdig«, warf Monika Maiwald ein. »Woher hat der Bauer so viel Geld? Ich meine, mit der Milchwirtschaft scheffelst du bestimmt kein Vermögen.«

»Gute Frage«, nickte Reiche. »Das käme zum Punkt ›wirtschaftliche Verhältnisse‹ dazu.«

»Wenn es stimmt«, warf Maiwald ein.

»Wenn was stimmt?«

»Dass er Geld verliehen hat.«

»Trucken … also der Bürgermeister hat sich ein bisschen geziert«, fuhr von Barden fort, »er wolle niemand in Misskredit bringen, ich dürfe das nicht missverstehen, schließlich sei es nicht verboten, anderen ein Darlehen zu geben.«

»Und wer ist dieses Gemeinderatsmitglied?«

»Er könne nur sagen, dass er einen heftigen Streit zwischen Wielandt und dem Gemeinderatsmitglied Sontheimer mitbekommen habe. Dabei ging es offensichtlich um Geld.«

»Das ist doch schon mal was«, sagte Reiche. »Martin, du und Monika, ihr nehmt euch diesen Sontheimer vor. Und befragt auch alle anderen Gemeinderatsmitglieder.« Er rieb sich das Kinn und überlegte. »Wenn wir annehmen, dass sich Wielandt mit jemandem getroffen hat, dann muss dieser Jemand zum Neubau – oder überhaupt ins Dorf – gekommen sein.«

»Du meinst, mit dem Auto«, sagte von Barden.

»Oder mit dem Bus. Jedenfalls müssen wir versuchen, seine Spur zu finden.«

»Die Nadel im Heuhaufen«, bemerkte Hettich.

»Egal. Manchmal hilft uns auch der Zufall.« Paul wandte sich an Marianne Fehrholz. »Marianne, versuch du rauszukriegen, welcher Bus am Sonntagnachmittag hier angekommen ist. Viele können es nicht sein. Geh zur Bushaltestelle …«

Schädle meldete sich. »Es gibt nur die am Marktplatz.«

»Hör dich bei den Leuten in den umliegenden Häusern um. Da gucken doch immer welche aus dem Fenster. Vielleicht ist jemandem was aufgefallen.«

Die Fehrholz machte ein skeptisches Gesicht.

»Ich bin sicher, die Leute, mit denen Wielandt zu tun hat, haben alle ein Auto«, bemerkte Hettich.

»Da kümmerst du dich drum. Irgendwo muss der Wagen ja gehalten haben …«

»Auf dem Parkplatz von der Tankstelle wahrscheinlich.«

»Wir nehmen es mal an. Ich hab gesehen, dass in der Nähe ein Bolzplatz ist, da spielen Jugendliche. Ein Wagen, der zur Tankstelle fährt, muss dran vorbei. Vielleicht haben da auch am Sonntag Kinder gespielt. Krieg's raus und frag sie.«

»Und wenn der Jemand aus'm Dorf, also zu Fuß zum Neubau ist?« warf Maiwald ein.

»Der ist ja auch nicht mit ner Tarnkappe unterwegs gewesen. Der Weg vom Dorf zum Neubau ist nicht grad ne Hauptverkehrsader. Da fällt doch jeder auf, der unterwegs ist. Die Kollegen hier vom Ort werden euch unterstützen.« Paul nickte Stern und Schädle zu.

»Ich kümmere mich inzwischen um Lukas Tandler. Ich krieg schon raus, wo er ist.«

Paul glaubte nicht, dass er sich abgesetzt hatte. Es war nicht mehr als ein Gefühl und er hoffte, dass es nicht trog.

12

Auf dem Weg zum Tandlerhof, auf der Stichstraße, die vom Hof abging, kam ihm Petra Tandler auf dem Rad entgegen.

Paul ließ das Fenster herunter. »Zu Ihnen wollte ich«, sagte er, während er ausstieg. Petra Tandler war abgestiegen. »Ich hab's eilig«, sagte sie, ohne ihn zu begrüßen.

Paul deutete in den Waldweg hinein. »Gehen wir ein Stück?«

Sie antwortete nicht, schob aber das Rad an seine Seite.

Sie hatte die Sonnenbrille hoch über die Stirn in die Haare geschoben und Paul sah, dass sie blaue Augen hatte.

In dem bunten Rock und der roten Bluse sah sie attraktiv aus, sie hatte etwas ausgesprochen Feminines, wirkte nicht mehr so klobig wie in Latzhose und Gummistiefeln. Reiche überlegte für einen Moment, ob sie nicht vielleicht sogar zu einem Treffen mit Stefan Wielandt unterwegs war.

Eine Weile gingen sie schweigend.

»Wo ist Ihr Bruder hin?«

»Keine Ahnung, er hat sich nicht abgemeldet.«

Reiche blieb stehen. »Das nehme ich Ihnen nicht ab. Ich wette, Sie haben eine Vermutung.« Im Weitergehen fügte er hinzu: »Sonst geht die Fahndung raus. Ihr Bruder ist verdächtig.«

Sie sah ihn kurz von der Seite an.

»Sie glauben, dass Lukas den Wielandt umgebracht hat?«

»Ich glaube gar nichts. Ich ermittle. Ich sammle Informationen – auch, um manche Dinge auszuschließen.«

Sie passte sich seinem Schritt an, schien nachzudenken. »Sie glauben, dass es jemand von uns war?«

»Frau Tandler, hier stelle ich die Fragen.«

Ein Jogger kam ihnen entgegen, beide Ohren verstöpselt, einen Pulszähler am Handgelenk.

»Vielleicht ist er zu Maurus.« Sie sah jetzt geradeaus, als erwarte sie in der Ferne jemanden. »Maurus Müller.«

»Und wo wohnt dieser Maurus?«

»In St. Märgen. Den Maurus besucht er manchmal.«

»Mit dem Rad?« wunderte sich Reiche.

»Das kann er in den Bus mitnehmen.«

Reiche sah sie prüfend an.

»Mehr weiß ich nicht.« Sie schüttelte zur Bekräftigung den Kopf.

»Kennen Sie seine Adresse?«

»Nein. Ich hab ihn nur einmal gesehen, vor zwei Jahren, als er Lukas bei uns abgeholt hat.«

»Wissen Sie, was er macht?«

»Irgendwas mit Fotos, glaube ich.« Sie nickte, aber er spürte ihre Unsicherheit.

»Hat er regelmäßig Kontakt mit dem Mann?«

Sie zuckte mit den Schultern. »Er ist der einzige, von dem ich weiß, dass Lukas ihn hin und wieder besucht.«

Schweigend gingen sie weiter.

Der Kommissar sah zu ihr hinüber. »Ihr Bruder ... ich meine, kommt er zum Essen, isst er mit euch?«

»Er hat sich von der Familie ...« Sie zögerte, suchte nach dem passenden Wort. »... zurückgezogen.«

»Gab es Streit?« fragte Reiche.

Sie schwieg lange, schaute auf den Waldweg. »Früher. Bevor er wegging.«

»Hilft er Ihnen auf dem Hof, bei der Arbeit?«

Sie sah ihn an, erstaunt, dass er so etwas fragen konnte. »Nein, er hat doch seine eigene Arbeit.«

Reiche stieß einen Ast zur Seite. »Sie können gar nicht wissen, ob er letzten Sonntagnachmittag zu Hause war oder nicht.«

»Doch«, antwortete sie sofort. »Ich hab ihn gesehen.«

»Wann?«

»Weiß nicht. So um viere, fünfe rum.«

»Aber danach nicht mehr?«

Sie schwieg.

»Und wo waren Sie?«

»Auf meinem Zimmer. Ich hab ferngesehen.«

»Was?«

»Da kam was über Klettern.« Als sie seinen ungläubigen Blick bemerkte, fügte sie hinzu: »Ich war mal aktiv.«

»Sie sind geklettert, in den Alpen?«

Sie nickte. »Wieso, wundert Sie das?«

Er antwortete nicht, ließ sich Zeit für die nächste Frage. »Ihr Vater und Ihre Tante – die wissen nichts von Ihrem Treffen mit Stefan Wielandt?«

Sie sah ihn alarmiert an. Für einen Moment flackerte Angst in ihren Augen auf. »Nein, natürlich nicht.«

»Das in Freiburg, das war nicht die erste Zusammenkunft mit ihm, oder?«

Sie blieb abrupt stehen. »Was wollen Sie? Geht Sie das was an?«

»In einem Mordfall geht mich alles was an.« Er sagte Mordfall, um es dramatischer zu machen. Dann fügte er hinzu: »Alles kann sich als wichtig herausstellen.«

»Ich muss jetzt gehen.« Sie stieg auf das Rad, wendete und fuhr eilig davon.

Der Kommissar ging ein Stück den Weg weiter. Er überlegte, ob ihn Petra Tandler möglicherweise auf eine falsche Fährte lockte. Was, wenn Lukas wirklich der Täter und dabei war, sich abzusetzen. Wenn es der Schwester darum ging, ihm einen Vorsprung zu verschaffen? Sie hatte selbst gesagt, sie sei nicht sicher, ob er nach St. Märgen sei – man konnte sie nicht einmal der Lüge oder der Irreführung bezichtigen.

Andererseits: was für Möglichkeiten blieben ihm? Was konnte er anderes tun, als diesem Hinweis nachgehen?

Nach einer Stunde Fahrt erreichte Paul St. Märgen und hielt an der ersten Tankstelle. Er hatte gute Erfahrungen mit Erkundigungen bei Tankstellenbesitzern gemacht, vor allem in kleinen Orten. Auch diesmal hatte er Glück. Als er nach Maurus Müller fragte, wusste der Mann gleich Bescheid. Er nannte ihm die Adresse und um sich wenigstens ein bisschen erkenntlich zu zeigen, kaufte Reiche einen Müsliriegel.

Müllers Atelier war im Hinterhof in einer mit viel Glas aufwändig umgebauten Scheune untergebracht. Neben der Eingangstür lehnte ein Rennrad. Auf Reiches mehrmaliges Läuten öffnete niemand.

»Da ist niemand. Die Frau ist mit dem Bub zur Schwester«, ertönte eine Stimme hinter ihm. Im offenen Fenster des Vorderhauses lehnte eine Frau mit einem Handtuch um den Kopf und rauchte.

Paul trat näher. »Ich wollte zu Herrn Müller.« Um unnötigen Fragen zuvor zu kommen, fügte er hinzu. »Es ist wegen der Fotos.«

»Die Männer sind schon um die Mittagszeit fort«, sagte die Frau und tastete nach ihrem Turban.

»Die Männer?«

Sie nahm einen langen Zug aus ihrer Zigarette und stieß genüsslich den Rauch aus. »Er und sein Freund.« Sie deutete auf das Rad. »Die sind zur Ohmenkapelle. Müller fotografiert dort.«

Und als Paul überlegte, fügte sie hinzu: »Wissen Sie, wo die Ohmenkapelle is?«

Paul kannte die Kapelle; sie gehörte zu den Kirchen, die er liebte. Es waren die Schlichtheit und die klaren Proportionen der Ohmenkapelle, die ihm gefielen. Sogar als Jugendlicher war er einige Male hier gewesen: Simon, sein Großonkel, der Uhrenschildermaler, hatte zum Schluss im nahen St. Peter gewohnt.

Er stellte den Wagen auf dem Parkplatz am Ortseingang ab und ging den letzten Kilometer zu Fuß. Im Schatten der Kastanienallee standen die steinernen Sockel des Kreuzweges; eingefasst hinter Glas die naiven, ausdrucksstarken Bilder über die einzelnen Stationen des Leidensweges.

Am Ende der Allee tauchte wie auf eine Leinwand geworfen das leuchtende Kirchlein mit der dunklen Kuppel auf.

Vor der Kirche war niemand. Abseits, auf einem schmalen Weg, parkte ein schwarzer Geländewagen. Auch im Inneren der Kapelle, das den Kommissar mit sanfter Kühle empfing, war kein Mensch. Obwohl Reiche diesmal beruflich hier war und eigentlich keine Zeit hatte, nahm ihn auch jetzt die Stille und schlichte Würde des Ortes gefangen. Er setzte sich in eine der hinteren Bänke und schloss für einen Moment die Augen.

Als er aufstand, bemerkte er auf dem Sitz gegenüber ein Kleidungsstück. Er hob es auf, es war ein schwarzer Blouson, in den Taschen lediglich ein zerkrümeltes Taschentuch.

Er legte die Jacke zurück und trat vor die Wand mit den Danksagungen. Die Wand unter der Treppe zur Empore war über und über mit Bildern, Tafeln, Zeichnungen und Kartons behängt, auf denen dem Heiligen Judas Thaddäus und der Mutter Gottes für ihre wunderbare Hilfe und Fürsprache gedankt wurde.

Paul ging gerade die Stufen zur Empore hinauf, als er ein Auto hörte. Er setzte sich auf die oberste Stufe und wartete.

Zwei Besucher betraten die Kapelle.

»Da ist sie ja!« sagte eine männliche Stimme. »Ich wusste, ich kann sie nur hier liegengelassen haben.«

»Willst du noch Aufnahmen machen?« Das war die Stimme von Lukas Tandler.

»Die Bilder von heut Vormittag reichen.« Dann, nach einer kleinen Pause: »Obwohl wir jetzt ein schönes Licht hätten.«

»Ich hab Zeit«, bemerkte Tandler.

»Ach nein! Lass uns gehen.«

Die Tür schlug zu.

Reiche eilte die Stufen hinunter.

Tandler und Müller waren eben im Begriff in den schwarzen Geländewagen einzusteigen.

»Herr Tandler!«

»Sie?!« Lukas Tandler kniff überrascht die Augen zusammen.

Reiche trat näher.

»Ihr kennt euch?« Müller schaute auf Lukas, dabei zuckte er auf eine grimassierende Art mit dem Mund. »Willst du uns nicht vorstellen?«

Paul zeigte seinen Ausweis. »Kriminalhauptkommissar Reiche.«

Maurus Müller war ganz in Schwarz gekleidet, schwarzes T-Shirt, schwarze Hose, in der Hand hielt er den schwarzen Blouson. Im Gegensatz zu Tandler war er klein und schmächtig, jedoch mit einem imposanten ebenfalls schwarzen Haarschopf. Auch als er sich vorbeugte, um den Ausweis anzuschauen, zuckten seine Mundwinkel.

»Wow, ein echter Kommissar!«

»Um was geht's?« fragte Tandler ungehalten.

Paul drehte sich zur Kapelle um. »Nicht hier.«

»Kommen Sie, wir gehen zu mir«, sagte Müller, dessen Nervosität es nicht zuließ, ruhig stehen zu bleiben. Unruhig scharrte er mit dem Fuß. »Ich muss unbedingt was trinken.«

Verärgert fragte Tandler: »Woher wissen Sie, wo ich bin?«

Reiche ging auf die Frage nicht ein. »Herr Tandler, wir haben Ihnen gesagt, Sie sollen sich zu unserer Verfügung halten. Offensichtlich ist Ihnen nicht klar, dass Sie zum

Kreis der Tatverdächtigen gehören. Wir waren nahe dran, Sie zur Fahndung auszuschreiben.«

Sie standen immer noch an Müllers Geländewagen. »Okay Leute«, sagte Müller und sein Gesicht zuckte, »gehen wir.« Er wandte sich an Reiche. »Sie wissen, wo ich wohne?«

Reiche nickte. »Fahren Sie vor. Ich laufe die paar Schritte zu meinem Wagen.«

Im Atelier, dessen eine Seite völlig verglast war, standen zwischen weißen Stellwänden Scheinwerfer in allen Größen und mehrere Punktstrahler. Es gab zwei Zeichentische, die mit schwarzen Mappen belegt waren und große blecherne Kästen mit breiten Schubladen. An den Wänden ungerahmte Fotos, Architekturfotografie: Wohnhäuser, Villen, Fabriken, Bauernhäuser, Kirchen …

Müller schob auf dem Fußboden der geräumigen Küche einige hölzerne Spielsachen zur Seite und stellte dann Getränke und Gläser auf den Tisch: Bier, Saft, Cola, Wasser. Die Stühle an dem großen Küchentisch hatten hohe, steile Lehnen und waren, wie Reiche feststellte, so ungemütlich wie sie aussahen.

»Bitte, bedient euch.«

Reiche schenkte sich Wasser ein und wandte sich an Tandler. »Wo waren Sie letzten Sonntagnachmittag und Sonntagabend?«

»Das hab ich Ihnen doch schon gesagt: zu Hause.«

»Zeugen?«

»Mein Vater, meine Schwester und Ruth.«

»Haben Sie sie besucht?«

»Wie – besucht?«

»Waren sie bei Ihnen oder waren Sie drüben im Haupthaus?«

»Nein.«

»Wie können sie Zeugen sein, wenn sie Sie gar nicht gesehen haben?«

Tandler zuckte mit den Schultern.

»Er war zu Hause«, mischte sich Müller ein, »wir haben telefoniert.«

Der Kommissar sah Müller an. »Sie und Herr Tandler?«

»Ja.«

»Wann war das?«

»Wann war das, Lukas?«

»Fünfe, sechse«, sagte Tandler.

»Das war später, nach sechs.«

»Auf dem Festnetz telefoniert?«

»Ja. Das ist bei mir gespeichert. Das können Sie überprüfen.«

Paul sah Tandler an. »Und das fällt Ihnen erst jetzt ein?«

»Ich hatte es vergessen.«

Es entstand eine Pause. Müller räusperte sich. »Sagen Sie, ist der Wielandt wirklich umgebracht worden? In der Zeitung stand sowas.«

Reiche ging nicht darauf ein. »Haben Sie ihn gekannt?« fragte er.

Wieder dieses nervöse Zucken des Mundes. »Ich hab ihn einmal getroffen.«

Tandler sah kurz zu seinem Freund. »Du kanntest ihn?«

»Kennen ist zu viel gesagt. Ich hab ihn einmal beim Sontheimer getroffen.«

»Moment mal«, sagte Reiche, »bei dem Gemeinderatsmitglied Sontheimer?«

Müller nickte. »Ich war beim Sontheimer, weil ich seine Mühle fotografieren sollte.«

»Seine Mühle?«

»Ja, zu seinem Hof gehört eine alte Mühle. Sie steht unter Denkmalschutz.«

Er trank einen großen Schluck Cola. »Das Problem ist, dass sie am Zusammenfallen ist. Sie ist an die zweihundert Jahre alt und war bis 1966 noch in Betrieb.«

Müller fuhr sich durchs Haar. »Obwohl sie unter Denkmalschutz steht, kriegt Sontheimer keinen Zuschuss, um das Gebäude zu erhalten. Gleichzeitig darf er aber den Schuppen auch nicht abreißen. Warum das Denkmalamt keinen Zuschuss für die Sanierung zahlt, hat Sontheimer mir erklärt, ich hab's aber nicht verstanden.«

Reiche erinnerte sich, im Atelier auch das Foto einer Mühle gesehen zu haben.

»Die Bude ist wirklich marode«, fuhr der Fotograf fort. »Vor allem das Dach müsste erneuert werden. Sontheimer ist auf mich zugekommen, er wollte, dass ich die Mühle, so wie sie jetzt dasteht, fotografiere.«

»Und die Gemeinde? Kann die da nichts übernehmen?« fragte Reiche.

Müller winkte ab. »Da ist nichts zu machen.«

»Und was wollte Wielandt von Sontheimer, ich meine, was haben sie gesprochen?« Paul fügte hinzu: »Ich nehme an, Sie wissen, dass das Gerücht geht, Wielandt habe Sontheimers Stimme bei der Abstimmung über das Seilerhaus – sagen wir mal: beeinflusst.«

Müller schob mit seinen langen schmalen Händen das Colaglas hin und her. »Als ich kam, war Wielandt schon da. Sontheimer stellte mich vor, sagte, dass er sich wegen der Mühle was überlegt habe: er werde um Spenden bitten. Schließlich sei die Mühle eine regionale Rarität. Wielandt fand das eine tolle Idee. Er sagte: Egon, verlass dich drauf, ich spendier einen Batzen, dann können die anderen sich nicht verstecken. Sowas in der Art.«

»Das war vor der Abstimmung im Gemeinderat über das Seilerhaus?«

Müller dachte nach. »Wart mal – ja, klar, das war vor der Abstimmung.«

»Und wissen Sie, ob Wielandt ›gespendet‹ hat?«

»Keine Ahnung.«

»Haben Sie selber mit Wielandt zu tun gehabt?«

Heftige Bewegungen in Müllers Gesicht. »Nein. Aber irgendwie musste er sich auch mir gegenüber wichtig machen.«

»Inwiefern?«

»Er hätte auch einen Auftrag für mich, meinte er.«

»Was für einen Auftrag?«

»Ob ich auch Porträts machen würde. Ich sagte ihm, Porträts würde ich nicht machen.« Müller zuckte mit den Schultern. »Aber ich hatte sowieso das Gefühl, dass das nur so dahergeredet war.«

»Porträts …« murmelte Reiche nachdenklich. Wollte sich Wielandt fotografieren lassen?

»Er ist dann kurz danach auch gegangen«, ergänzte der Fotograf. »Das war das einzige Mal, dass ich ihn gesehen hab.«

Nachdem er Müller und Tandler verlassen hatte, setzte sich Reiche ins Auto und fuhr an den Ortsrand. Er stieg aus und schaute in die Landschaft, die sich vor ihm in weiten Hügeln und Schwüngen ausbreitete. Der Blick tat ihm gut. Er versuchte das, was er in der letzten Stunde gehört hatte, einzuordnen. Möglicherweise hatte sich eine neue Spur aufgetan.

Wielandt hatte Sontheimers Stimme bei der Abstimmung über das Seilerhaus gekauft. Er hatte ihm eine beträchtliche Summe für die Renovierung der Mühle versprochen, diese Zusage aber nicht eingehalten. Darüber war es wohl in der Auseinandersetzung, die der Bürgermeister mitbekommen hatte, gegangen.

Reiche seufzte und fuhr sich übers Kinn. Er war unzufrieden, aber er wusste nicht genau, warum. Er sehnte sich nach Doris. Er wollte mit ihr am Küchentisch sitzen, reden und zuhören und sie einfach nur ansehen. War es das? Hatte er das Alleinsein satt?

Paul ließ das Auto stehen und ging in den Ort zurück. In einer Bäckerei ließ er sich einen Cappuccino geben und stellte sich mit dem Pappbecher vor die Schaufensterscheibe. Ihm fiel ein, wie oft er mit von Barden und einer Tasse Kaffee an einem Stehtisch gestanden und über die aktuellen Ermittlungen gesprochen hatte. Martin fehlte ihm. Reiche arbeitete gern allein, aber in diesem Fall hatte er das Gefühl, zu viel allein unterwegs zu sein. Martin hatte bei aller Ernsthaftigkeit etwas Lässiges, das Reiche gefiel und das ihm selbst abging.

Paul nahm sein Handy und rief Silberchen Fleig im Büro an. Er sagte, sie solle im Telefonrundruf die Mannschaft für morgen um neun ins Kommissariat bestellen.

Auf der Heimfahrt kreisten seine Gedanken immer wieder um die gemeinsame Wohnung und um das Zusammenziehen mit Doris.

13

Zur Besprechung am Mittwochmorgen waren alle pünktlich. Für einen Moment dachte Reiche, es habe einen besonderen Grund. Es war etwas Brisantes herausgefunden worden – nur er wusste noch nichts davon! Ein prüfender Blick in die Gesichter der Anwesenden sagte dem Kommissar, dass keine Sensation zu erwarten war.

Von Barden und Monika Maiwald berichteten – das war der ernüchternde Auftakt – dass sie das Gemeinderatsmitglied Sontheimer nicht angetroffen hatten. Nach Auskunft seines Sohnes würde er erst heute von einer Geschäftsreise zurückkommen. Sie hätten sich spontan entschlossen, ein anderes Mitglied des Gemeinderats aufzusuchen, Frau Strobel.

Kriminalrat Hoffmann strich über seinen frisch gestutzten Oberlippenbart. »Und?«

»Im Gegensatz zum Bürgermeister«, sagte von Barden, »war Frau Strobel ein Fan von Leo Wielandt.«

»Die war«, ergänzte Monika Maiwald, »ehrlich erschüttert über seinen Tod. Wielandt sei ein zupackender Mann gewesen, voller Energie, ein Vollblutpolitiker, der in der Gemeinde viel vorangebracht habe. Da habe es Neid und Missgunst gegeben, vor allem von solchen Leuten, die selbst nichts auf die Beine brachten.«

»Namen wollte sie natürlich keine nennen«, sagte von Barden.

»Könnte es nicht sein, dass ihn jemand aus dieser Richtung, also aus der Politik, attackiert hat?« fragte Kommissar

Schmidt und schenkte sich aus seiner Thermoskanne frischen Ingwertee ein.

»Gut möglich.« Paul berichtete von seinem Treffen mit Lukas Tandler und dem Fotografen Müller und was Letzterer über das Gemeinderatsmitglied Sontheimer erzählt hatte.

»Das könnte eine Spur sein«, meldete sich Hettich.

Reiche nickte. »Auf jeden Fall werde ich mir den Mann näher ansehen.«

Die übrigen Nachforschungen und Dateiabfragen, auch die Auswertung von Wielandts PC, brachten nichts wirklich Erhellendes.

»Wir wissen aber jetzt, welche Gespräche am Samstag und Sonntag übers Festnetz geführt wurden«, sagte Wolfgang Schubert. »Anna Wielandt hat mit dem Pfarrer gesprochen – jedenfalls war es die Nummer der Pfarrei – und Stefan Wielandt hat mit einem Baumarkt telefoniert, einem Menschen vom örtlichen Maschinenring und mit dem Tierarzt.«

»Leo Wielandt hat demnach an diesem Sonntag das Festnetz gar nicht benutzt?«

»So ist es.«

Kriminalrat Hoffmann hatte die Hände auf dem Rücken verschränkt und wippte auf den Fußsohlen. »Ich finde, jemand sollte mit dem Pfarrer reden.«

Von Barden nickte und machte sich eine Notiz.

Es entstand eine Pause.

Hettich räusperte sich. »Einen Hinweis hat die Recherche bei den Fußballspielern gebracht.«

Alle schauten ihn an.

»Bei was für Fußballspielern?« fragte Hoffmann.

»Sonntagnachmittag haben auf einem Bolzplatz in der Nähe des Neubaus Jugendliche Fußball gespielt. Es war gar nicht schwierig, die Kerle ausfindig zu machen, nachdem ich mal einen von ihnen gefunden hatte.« Er grinste. »Das Wort Kriminalpolizei hat richtig gezündet. Da hat mich einer zum anderen geschickt. Die waren richtig begeistert.«

»Und?«

»Die haben natürlich beim Kicken nicht auf die Umgebung geachtet, klar. Aber einer war sich sicher, dass er einen roten Mittelklassewagen gesehen hat, einen Golf vielleicht. Ob der jetzt in Richtung Neubau, beziehungsweise Tankstelle fuhr, wusste er nicht mehr.«

»Und wann war das?«

»Er konnte die Zeit nur ungefähr eingrenzen: meinte, es müsse so zwischen halb vier und sechs gewesen sein.«

»Das wissen wir schnell, wie viele rote Golf es im Ort gibt«, sagte Reiche.

»Wenn der Golf nicht von außerhalb kam«, bemerkte Monika Maiwald.

Sie fuhren mit von Bardens Wagen. Reiche hatte sich im Beifahrersitz zurückgelehnt und schaute aus dem Fenster. Er war schlechter Laune. Wenigstens hatte sich das Wetter auf angenehme Sommertemperaturen abgekühlt.

Paul wusste, sie traten, was ihre Ermittlungen anging, auf der Stelle. Viele Alibis waren schwach, aber keines war so schwach, dass eine Festnahme durchzusetzen gewesen wäre.

Keinem der Verdächtigen war stichhaltig nachzuweisen, Leo Wielandt an diesem Sonntag getroffen zu haben.

Es war, als operierten sie im luftleeren Raum. Es gab nichts wirklich Greifbares. Der Kommissar kannte diesen Punkt. Er war ideenlos und zutiefst unzufrieden – und froh, wieder Martin von Barden an seiner Seite zu haben.

Es hatten sich bei ihnen verschiedene, sich ergänzende Verhaltensmuster herausgebildet: war der eine im Tief, übernahm der andere den Part des Optimisten.

Von Barden, der Reiches mürrisches Schweigen richtig deutete, begann laut nachzudenken. »Was hat es mit der Schreibtischlampe in Leos Zimmer auf sich? Dass sie gebrannt hat, ist das was Zufälliges, Beliebiges oder ein wichtiger Hinweis?« Ein Motorradfahrer preschte in höllischem Tempo an ihrem Auto vorbei. »Oder das Treffen von Stefan Wielandt und Petra Tandler in Freiburg? Hat das eine Bedeutung für unseren Fall?« Er schaute kurz zu Reiche. »Die Alibis von Ruth und Max Tandler sind doch absolut dünn, und das von Anna Wielandt im Grunde ebenso, findest du nicht auch?«

Paul sah weiter aus dem Fenster und man hätte meinen können, er höre gar nicht zu. Aber von Bardens Monolog entspannte ihn, er liebte dieses Räsonieren seines Assistenten. Manchmal murmelte er etwas, zum Zeichen, dass er zuhörte.

Irgendwann schweiften seine Gedanken ab. Er nahm die Außenwelt wahr, eine Wiese mit dichtstehenden Obstbäumen, ein Holzkreuz am Straßenrand mit einem Blumenstrauß davor, einen Hang mit Vogelbeersträuchern und Espen. Und dann stellten sich auf einmal eigene Gedanken ein. Plötzlich war ihm klar, die Antwort auf alle ihre Fragen musste außerhalb des Systems liegen, in dem sie sich bis jetzt bewegten.

Unvermittelt sagte er in einen Satz Martins hinein: »Ich halte das Ganze für keinen geplanten Mord. Dafür sind die Umstände zu kompliziert. Das war eine Affekthandlung, ein Unglück vielleicht. Es kann jeder gewesen sein.«

Von Barden sah mit einem fast unmerklichen Ausdruck von Zufriedenheit zu Reiche hinüber. Er wusste, er hatte seinen Kollegen aus seiner Erstarrung wieder herausgeholt. In diesem Moment klingelte Pauls Handy. Es war Schubert. Reiche hatte gebeten, ihm die Informationen, die über Sontheimer zu bekommen waren, zu besorgen.

In seinem präzisen Telegrammstil referierte der-Mann-der-alles-weiß: »Die Glaserei Sontheimer existiert jetzt in dritter Generation. Ursprünglich, also bis zum Zweiten Weltkrieg, waren die Sontheimers Bauern und Mühlenbesitzer. Wirtschaftlich scheint das Geschäft solide, jedenfalls ist nichts Gegenteiliges bekannt. Sontheimer ist Witwer, hat einen erwachsenen Sohn. Seine Frau ist vor zehn Jahren an Krebs gestorben. Sontheimer war lange als Ringer aktiv.« Er machte eine Pause. »Bist du noch dran?«

»Ich höre.«

»Im Gemeinderat sitzt er seit acht Jahren, ist auch im Bauausschuss. Er hat mal als Bürgermeister kandidiert, ist aber nicht gewählt worden. Sein Sohn arbeitet mit im Betrieb und sie haben noch einen ungelernten Arbeiter, einen Polen, der aber offiziell gemeldet ist.«

»Ringer«, murmelte Reiche.
»Ja«, sagte Schubert, »im griechisch-römischen Stil.«
»Perfekt«, meinte Reiche.
»Mehr war über die Dateien nicht zu erfahren.«
»Ich danke dir.«

14

Bernhard Sontheimer war groß und kompakt, ein Mann, der immer noch durchtrainiert wirkte und dem man auch in seinem Alter abnahm, dass er einmal Ringer im griechisch-römischen Stil gewesen war. Seine Nase war etwas schief, wie bei einem Boxer. Der runde Kopf sah aus, als hätte es nie Haare darauf gegeben.

Für das Büro eines einfachen Handwerkers war Sontheimers Büro ungewöhnlich groß und hochmodern eingerichtet. An der Wand dem Schreibtisch gegenüber hing eine ungerahmte Leinwand, ein abstraktes Feuerwerk an Farben. Daneben einige Fotos. Ein riesiges Fenster zeigte in einen Garten, den man hinter dem Wohnhaus und der Werkstatt nicht vermutet hätte.

»Mein Sohn hat mir schon gesagt, dass Sie nach mir gefragt haben«, sagte der Glasermeister, nachdem die Kommissare ihre Ausweise gezeigt hatten.

»Was für eine Aussicht«, sagte Reiche und wies auf das Fenster.

Von Barden war vor die Wand mit dem Ölbild und den Fotos getreten. Er schaute sich die Fotos an. Eines zeigte Sontheimer mit dem Vorsitzenden seiner Partei, ein anderes Sontheimer im Ringertrikot im Kreise der Mannschaft. Neben dem eingerahmten Meisterbrief des Glasermeisters Bernhard Sontheimer hing das Foto, das offenbar Maurus Müller von der Mühle gemacht hatte.

»Eine schöne Mühle«, sagte von Barden, das Bild betrachtend. Sontheimer stellte sich neben ihn. »Ja, eine oberschlächtige Sägemühle, wie es nur noch wenige gibt. Leider völlig marode. Das Denkmalamt verlangt, dass sie erhalten bleibt. Aber die Sanierung ist teuer. Deswegen haben wir auch einen Verein gegründet, der Spenden sammelt.«

Er ging zu seinem Schreibtisch und kam mit einer Schneekugel zurück. Im Inneren war eine kleine braune Plastikmühle zu erkennen. »Jeder, der spendet, bekommt so eine Schneekugel.« Er verzog den Mund. »Ein Gag. Hat sich mein Sohn ausgedacht.« Er stellte die Kugel auf den Tisch und deutete auf die Besucherecke, in der vier schwarze Ledersessel um den Glastisch standen.

Er setzte sich in einen der Sessel. »Aber Sie sind ja nicht wegen meiner Mühle gekommen.«

Auch Reiche und von Barden nahmen Platz.

»Sie wissen«, begann der Hauptkommissar, »dass Leo Wielandt letztes Wochenende …« Er suchte nach dem passenden Wort. »ums Leben gekommen ist.«

Sontheimer nickte. »Natürlich. Unfassbar.« Er fuhr sich über seinen blanken Schädel. »Weiß man denn schon Näheres?«

Paul ging auf die Frage nicht ein.

»Wann haben Sie Wielandt zum letzten Mal gesehen?«

Sontheimer überlegte kurz. »Bei der letzten Gemeinderatssitzung.«

»Als es um das Seilerhaus ging?«

»Genau.«

»Wie war Ihr Verhältnis zu Leo Wielandt?«

»Mal so, mal so.« Der Glasermeister zog die Mundwinkel

hoch, wobei er den Mund öffnete und seine großen Zähne sichtbar wurden. Vielleicht war es als Lächeln gedacht, aber es glich eher einem Zähnefletschen. »Zuletzt eher angespannt.« Er nahm die Schneekugel in die Hand und schüttelte sie. Langsam fielen die Flocken auf die kleine braune Plastikmühle. »Ich mag nicht, wenn man Abmachungen nicht einhält.«

»Was für Abmachungen?« fragte von Barden.

»Was geht Sie das an?«

»Wir ermitteln in einem Tötungsdelikt. Da geht uns alles an.«

»Wollen Sie damit sagen …« Sontheimer stand abrupt auf und ging ans Fenster, wandte den Kommissaren den Rücken zu und schwieg. Schließlich sagte er: »Er hat zugesagt, für die Renovierung der Mühle einen größeren Betrag zu spenden. Es ist nie was gekommen.«

»Sie sprachen von einer Abmachung. Wollte er eine Gegenleistung?«

Sontheimer drehte sich um. »Nein. Aber ich war davon ausgegangen, dass sein Wort zählt.«

»Es gibt Zeugen, dass Sie einen heftigen Streit mit Wielandt hatten.«

»Was für Zeugen?«

»War das so?« insistierte Reiche.

»Klar, ich hab ihm meine Meinung gesagt.«

»Sie waren wütend auf ihn.«

Sontheimer nickte. »Allerdings.« Er wirkte jetzt angespannt, fuhr sich zweimal über die Glatze.

Von Barden schlug sein Notizbuch auf und kritzelte etwas hinein. »Herr Sontheimer, wo waren Sie letzten Sonntagnachmittag?«

Das Telefon summte und nach kurzem Zögern ging Sontheimer zum Schreibtisch und nahm den Hörer ab. Er meldete sich und meinte schließlich nach längerem Zuhören: »Das können wir jetzt nicht klären. Ich hab eine wichtige Besprechung. Ich ruf dich später zurück.«

Er hatte sich an seinen Schreibtisch gesetzt und hier, ganz Chef, fühlte er sich sichtlich wohler.

»Was war Ihre Frage noch mal?«

»Wo waren Sie am Sonntagnachmittag?«

Wieder erschien dieses zähnefletschende Lächeln auf seinem Gesicht. »Ich hab ein paar Tage Urlaub gemacht. Ich war in Holland, bei Freunden.«

»Dann schreiben Sie uns bitte die Adresse und Telefonnummer Ihres Freundes auf, bei dem Sie in Holland waren«, sagte Reiche.

Sontheimer schaute überrascht auf.

»Wie? Aber … das geht nicht.«

»Warum nicht?«

»Das Ehepaar ist ausgewandert.«

»Wie bitte?«

»Ja, deswegen hab ich sie ja besucht. Sie haben letzte Woche ihren Haushalt in Amsterdam aufgelöst und sind nach Australien ausgewandert.«

Reiche und von Barden sahen sich an.

»Aber Sie haben sie noch in ihrer alten Wohnung besucht?«

»Natürlich.«

»Dann hat es doch wahrscheinlich Nachbarn gegeben, die Sie gesehen haben.«

»Keine Ahnung.«

Reiche und von Barden standen auf. »Es ist in Ihrem eigenen Interesse, Herr Sontheimer, dass jemand bestätigt, dass Sie letzten Sonntag in Holland waren.«

»Sie meinen, ich brauche ein Alibi?«

Von Barden legte dem Glasermeister seine Visitenkarte auf den Schreibtisch. »Geben Sie uns Bescheid, wenn Sie jemand ausfindig gemacht haben, der Ihr Alibi bestätigen kann.«

Als sie zu ihrem Wagen gingen, sagte von Barden: »Was der erzählt hat, hört sich ja wirklich wie schlecht erfunden an.«

Reiche zuckte mit den Schultern. »Wir werden ihn im Auge behalten.« Und er fügte hinzu: »Ich will jetzt noch mit dem Pfarrer reden.«

Hochwürden trafen sie im Pfarrgarten.

»Es war mir in der Stube zu heiß«, sagte er entschuldigend, als sei Reiche sein Vorgesetzter, der ihn beim Faulenzen erwischt hatte.

Pfarrer Baum hatte ein weiches, vollbackiges Gesicht, das in der Hitze leicht gerötet war. Er saß unter einem großen Nussbaum auf einer Bank, neben sich einige Papiere. Der Bank gegenüber standen wie extra für die Kommissare hingestellt zwei eiserne Gartenstühle.

»Wir hätten ein paar Fragen an Sie«, sagte Reiche und zog einen der Stühle in den Schatten, bevor er Platz nahm.

»Wir haben uns ja schon bei Frau Wielandt kurz gesehen.«

»Ich erinnere mich«, sagte Baum mit einem gezwungenen Lächeln.

»Sie hat wohl nach dem Tod ihres Mannes um Ihren Beistand gebeten«, bemerkte der Kommissar.

Der Pfarrer nickte. »Ja. Aber ich habe Anna auch …« Er unterbrach sich. »Wir sind verwandt. Anna ist meine Cousine.«

Von Bardens Augenbraue bewegte sich kurz nach oben.

Reiche war sich nicht sicher, deshalb beschloss er das, was er wissen wollte, auf Umwegen zu erfragen. »Im Zuge unserer Ermittlungen sind wir angehalten …« Mein Gott, was red ich da schwülstig rum, dachte er. »Ich möchte Sie jetzt als einen nahen Verwandten von Frau Wielandt fragen: wie war das Verhältnis der Eheleute Wielandt?«

Der Pfarrer schaute Reiche irritiert an. »Verzeihen Sie, ich wüsste nicht, was diese Frage mit Ihren Ermittlungen zu tun haben könnte.«

Paul sagte nichts. Er wartete einfach, sah den anderen nur an. Auch von Barden schwieg.

Baum räusperte sich. »Nun, es war kein Geheimnis, dass sich Anna und Leo auseinander gelebt hatten.«

»Frau Wielandt hat mit Ihnen darüber gesprochen?«

Pfarrer Baum wurde noch reservierter. »Gelegentlich.«

»Auch letzten Sonntag, als sie Sie besuchte?«

»Sie brauchte jemanden, mit dem sie sich aussprechen konnte.«

Reiche nickte. »Ist sie länger geblieben?«

Baum begann die Papiere neben sich auf der Bank zu ordnen. »Ich weiß nicht, auf was Ihre Fragen hinauslaufen sollen.«

»Hochwürden, wenn Sie einfach versuchten, sich zu erinnern«, warf von Barden ein, der Reiches Absicht erkannt hatte.

»Ich meine, sie ist gegen vier Uhr gegangen.« Und nach einem Moment des Nachdenkens: »Aber sagen Sie, bedeuten diese Fragen nach der Uhrzeit … Verdächtigen Sie etwa Anna, sie könnte …?«

Von Barden schaute den Pfarrer treuherzig an. »Es sind reine Routinefragen, Hochwürden.«

Der Pfarrer nickte, aber man sah, dass er zweifelte.

Reiche wollte nicht gleich aufbrechen. Der Garten gefiel ihm. Es tat gut, inmitten all dieser Pflanzen und Blumen zu sein, dem Hibiskus, den Kletterrosen und Johannisbeeren, dem vollen Oleander und den Sonnenblumen.

Er sah sich um. »Schön haben Sie es hier«, sagte er, als wolle er unverfängliche Konversation machen.

Baum lächelte. Das Kompliment freute ihn. »Herr Schröder vom Pfarrgemeinderat kümmert sich um den Garten.« Er stand auf. »So, jetzt muss ich an die Arbeit.« Und mit traurigem Gesicht: »Morgen ist die Beerdigung.«

15

Leo Wielandts Beisetzung war ein Ereignis. Das halbe Dorf war auf den Beinen. Der Himmel hatte sich bewölkt, Regen lag in der Luft. Aber noch hielt das Wetter, die Luft kühlte nur langsam ab.

Reiche und von Barden standen etwas abseits. Sie konnten die Worte des Pfarrers und der Trauerredner zwar hören, aber nicht verstehen. Breitbach hatte sich zu ihnen gesellt. Er trug ein dunkelblaues Jackett, in der Hand hielt er die kalte Pfeife. Die Begrüßung zwischen von Barden und dem Lehrer war kurz und formlos gewesen, so, als würden sie sich schon lange kennen.

Dass Breitbach bei ihnen stand, erwies sich als Vorteil. Paul ließ sich alle Personen vorstellen, die er nicht kannte, unter anderen Benno, den jüngsten Wielandt, der aus Freiburg gekommen war. Von den Tandlers war keiner anwesend. Dafür standen – in Uniform – die Polizisten Stern und Schädlich in der Menge.

Seit Reiche wusste, dass Anna Wielandt am Sonntag nicht den ganzen Nachmittag auf dem Hof gewesen war, überlegte er, wie er das nächste Gespräch mit der Bäuerin führen sollte. Sie hatte ihn angelogen. Sie hatte so getan, als habe sie den Hof nicht verlassen. Stefan Wielandt hatte es indirekt bestätigt. Aber vielleicht hatte er gar nicht mitbekommen, dass seine Mutter außer Haus gewesen war. Oder hatte er ihre Abwesenheit bemerkt und ihr ein falsches Alibi gegeben? Und wenn ihr Alibi auf wackligen Beinen stand, was war dann mit dem seinen? Anna Wielandt konnte sein Alibi ebenso wenig bestätigen, denn sie war ja für mindestens zwei Stunden weg gewesen.

Als die Zeremonie beendet war, stellte sich Reiche dem jüngsten Wielandtsohn vor. Benno Wielandt hatte das magere, scharfe Gesicht seiner Mutter. Er war schlank, wirkte sportlich.

»Mein Beileid, Herr Wielandt.«

Der junge Mann, dem der dunkle Anzug ganz offensichtlich einige Nummern zu groß war, schaute den Kommissar unruhig an.

»Ich hab ein paar Fragen an Sie.«

»Muss das jetzt sein?« Wielandt zupfte nervös an den Ärmeln seines Jacketts.

»Nur kurz, reine Routine.«

»Ja?« Er schaute um sich, wollte sich vergewissern, wo die anderen waren.

»Wann haben Sie Ihren Vater zum letzten Mal gesehen?«

Er überlegte kurz. »Als ich das letzte Mal auf dem Hof war. Vor einem Monat etwa.«

Reiche fiel auf, dass Benno Wielandt hochdeutsch sprach.

»Und wo waren Sie vergangenen Sonntag?«

Wieder dieses Zupfen an den Ärmeln. »Ich war mit Freunden am Baggersee.«

Reiche nickte. »Das war's schon.«

Nach der Beerdigung ging die Trauergemeinde in die »Sonne« zum Leichenschmaus. Ein langer Zug schwarz gekleideter Menschen bewegte sich aus dem Friedhof. Reiche stand am Friedhofstor und wartete auf Anna Wielandt. Sie kam, in eine schwarze Tracht gekleidet, neben sich ihren Cousin, den Pfarrer.

»Frau Wielandt, ich müsste noch einmal …«

Sie war stehen geblieben und sah ihn an. »Kommet Se morge Vormittag.« Und mit Blick auf von Barden: »Allein.«

Sie nickte kurz und ging weiter.

Auf der Heimfahrt fing es an zu regnen. Es war ein dichter, stetiger Regen, der die Landschaft freundlich einhüllte und der Erde endlich das ersehnte Wasser gab.

Paul ging noch einmal die kurze Begegnung mit Anna Wielandt an der Friedhofspforte durch den Kopf. Das war eine andere Anna Wielandt gewesen, als die, die er bei seiner ersten Befragung in der Küche angetroffen hatte. Und er erinnerte sich an den letzten Tag seines Urlaubs, an seine Abreise, als Leo Wielandt seine Frau so kalt abgefertigt hatte. Wie Paul sie im Rückspiegel gesehen hatte, als sie mit hängenden Schultern ins Haus zurück ging.

Jetzt hatte ihre ganze Haltung, aller Trauer ungeachtet, etwas Entschiedenes, Kraftvolles ausgedrückt: als dulde sie keinen Widerspruch.

Je mehr er sich nun vom Dorf entfernte, desto mehr rückten die Wielandts und Tandlers in den Hintergrund. Es war, als würde der dicht niedergehende Regen alle Gedanken an die Arbeit wegwaschen. Der Regen, das gleichmäßige Summen auf dem Autodach, hüllte ihn ein. Er registrierte ein leichtes Ziehen in der Leistengegend und neue Bilder tauchten vor ihm auf. Er sah Doris, wie sie am Morgen aus dem Bett stieg, nackt, mit offenem Haar. Er sah ihren schönen Rücken, ihren prallen Hintern, die Bewegung, mit der sie den Morgenmantel anzog und ihre Haare über den Kragen streifte. Wie sie sich umdrehte und seinen Blick bemerkte und lächelte …

Als er in die Küche kam, stand sie am Tisch und schälte Möhren. Es roch nach Zucchini, Tomaten und Zwiebeln. Reiche trat von hinten an die Köchin heran und während er seine Hände um ihren Bauch schlang, löste er den Knoten der Schürze.

Doris wendete überrascht den Kopf. »Hej! Ich wollte uns eine Gemüsepfanne …«

Er versenkte sein Gesicht in die Kuhle neben ihrem Hals und atmete den Duft ihrer Haut, gemischt mit dem Geruch der geschnittenen Zwiebel. Er zog Doris an sich und presste sie gegen seine Erektion. Sie legte das Messer weg und indem sie sich ihm zuwendete, wischte sie die Hände an der Schürze ab, bevor diese zu Boden fiel.

»Erst das Fleisch«, murmelte Reiche und knöpfte ihre Bluse auf.

»Komm!« Sie drängte ihn zur Tür. Sie schafften es bis ins Wohnzimmer, wo er ihren Rock aufzuknöpfen versuchte, während ihre Münder aneinander klebten. Sie zerrte an seiner offenen Hose. Einer nestelte an den Textilien des anderen, statt sich selbst auszuziehen – als sei es eine Lust für sich, die Kleider des anderen zu berühren …

Getreu dem Rat einer früheren Freundin: schlaf nie mit einer Frau, solange du noch die Socken anhast, bemühte er sich, während er versuchte die Hose loszuwerden, auch die Socken abzustreifen. Gleichzeitig starrte er auf Doris, die sich auf dem Teppich ausgestreckt hatte und nun mit dem Fuß den Couchtisch zur Seite schob. Er blickte in ihre glänzenden, weit geöffneten Augen und dann auf ihre vollen Brüste. »Dreh dich um«, keuchte er. Auf die Ellbogen gestützt, streckte sie ihm ihre üppigen Hinterbacken entgegen. Eine Sekunde, bevor er stöhnend in sie eindrang, ging ihm durch den Kopf, dass er sich unbedingt noch einmal Leo Wielandts Arbeitszimmer ansehen musste.

Es hatte die ganze Nacht geregnet. Als er auf dem Wielandthof vorfuhr, glänzten die Pfützen auf dem Kies, und auf dem Oleanderbusch neben der Tür schimmerte auf jedem Blatt eine Wasserperle.

Stefan Wielandt kam, eine elektrische Heckenschere in der Hand, aus dem Schuppen. »Mei Mudder is drin«, sagte er zur Begrüßung.

Anna Wielandt führte den Kommissar ins Frühstückszimmer. Paul überlegte, ob sie unter den gegebenen Umständen wohl noch Feriengäste hatte.

Sie saß auf dem Stuhl, auf dem er immer gesessen hatte. Der Raum war derselbe wie vor Wochen und doch hatte sich alles verändert. Anna Wielandt saß da, ganz in Schwarz, in einem hochgeschlossenen Kleid, um ihren Kropf zu verdecken. Um den Hals trug sie ein kleines silbernes Kreuz an einer dünnen Kette.

»Frau Wielandt, das ist kein Verhör. Das ist ein einfaches Gespräch. Ich habe …«

Sie unterbrach ihn mit einer Handbewegung. »I verzähl Ihne alles. Des isch jetz wichtig. Sie ware ja auch beim Georg – beim Pfarrer Baum …« Sie schaute sich im Zimmer um, als werde sie erst jetzt gewahr, wo sie sich aufhielten. »Wollet Se was trinke …?«

Reiche verneinte.

Ihre Hände lagen nebeneinander auf dem Tisch. Sie zupfte an einem weißen Spitzentaschentuch, das sie aus dem Ärmel geholt hatte.

»I war beim Schorsch und hab lang mit'm gschwätzt.«

Sie schwieg und auch Paul sagte nichts.

»I hab en Leo aufm Handy agrufe. Er … Es … musste was gschehn.«

»Wann haben Sie ihn angerufen?«

»Glei als i vom Schorsch weg bin.« Ihre Hände beschäftigten sich wieder mit dem Tuch. »Er war ja kaum noch daheim und wenn … Wisset Se … als wär i Luft für ihn.«

Sie stand auf, ging an die Anrichte und holte von dort eine angebrochene Flasche Wasser. Nahm aus dem Schrank zwei Gläser und schenkte ein. Sie trank einen großen Schluck. »I wusst ja net, wo er is. I wollt mi mitm treffe, egal wo. Es ging so eifach nemmeh weiter. Der Schorsch hat au gmeint, red mit em.«

Reiche nahm einen Schluck Wasser. »Haben Sie Ihren Mann erreicht?«

»I haben aufm Handy erreicht. Hab von meim eignen Handy agrufe, die Nummer hat er net kennt.« Sie sah auf und schüttelte den Kopf. »Wahrscheints hätt er sonst gar net abghobe.«

»Haben Sie ihn getroffen?«

Sie sah auf. »Er hat gsagt, er hätt kei Zeit. Hat mi eifach wegdruckt. Des ware grad emol zwei Sätz.«

Es war jetzt still im Raum. Reiche schaute auf den Tisch wie Anna Wielandt auch. Aus dem Stall, wo sich Stefan Wielandt zu schaffen machte, kam ein schepperndes Geräusch.

»Sie sind dann heimgefahren?«

»Nei. I bin zum Kleebichl nuff.«

Als sie Reiches fragendes Gesicht sah, fügte sie hinzu: »Des isch obe, wo unser Wald uffhört. Da is e Bänkle. Da bin ich gsesse. I weiß net wie lang. Dann bin ich runner zum Melke.«

»Sie haben also Ihren Mann an diesem Tag nicht mehr gesehen?«

»Nei.«

Einen Moment schwiegen beide. Dann sagte der Kommissar: »Ich würde mir gern noch mal das Zimmer Ihres Mannes ansehen.«

Anna Wielandt ging voraus, stieg die Treppen hoch und blieb vor der versiegelten Tür stehen. »Da sin noch die Bäpper dra«, sagte sie.

Reiche löste das Siegel und sie betraten Leo Wielandts Arbeitszimmer. Nichts schien sich verändert zu haben. Die Fenster waren geschlossen und die Luft stand im Raum. Die Lampe hatte man ausgemacht.

Anna Wielandt blieb an der Tür stehen.

Paul sah sich aufmerksam um. Da war der ordentlich aufgeräumte Schreibtisch, das Regal mit den Fotos und den Büchern, der Gewehrschrank, die Liege mit dem Überwurf.

»Sagen Sie«, wandte sich Reiche an die Bäuerin, »diese Decke, dieser Quilt, woher kommt der?«

»Den hat die Sandra mitgebracht, als sie vor zwei Jahren zu Besuch war.«

Reiche trat vor das Foto, das Wielandt mit seinem Bruder und dem Mädchen zeigte. »Sie meinen die Nichte, die wieder in die USA ist?«

Anna Wielandt nickte.

»Sie haben noch Kontakt zu ihr?«

»Net viel. Die isch irgendwie drübe hängebliebe.« Sie griff sich an den Mund. »Jesses, der muss i au no Bscheid gebbe.«

Der Kommissar schaute sich die Bücher im Regal an. Es gab Bücher über die Jagd, über Jagdwaffen, über den Wald, ein altes Lexikon, ein Buch über Schwarzwalduhren, einen Weltatlas, die Bibel und ein paar Exemplare des Lahrer Hinkenden Boten. Ein Titel fiel ihm auf, es war ein schmales Bändchen. *Gedichte des Barock.* Der Bauer interessierte sich für Gedichte? Paul zog vorsichtig an der oberen Kante das Buch aus dem Regal. Er holte ein Tempotaschentuch aus der Jacke und schlug es um den Einband. Er öffnete das Buch. Auf dem Deckblatt stand mit Bleistift *Larry Fulton.*

»Kennen Sie dieses Buch?« Er zeigte ihr das Titelblatt.

Die Bäuerin starrte misstrauisch darauf. »Kenn i net.«

»Sagt Ihnen der Name Larry Fulton was?«

Sie schüttelte schweigend den Kopf.

»Ich würde das Buch gern mitnehmen. Ich schreib Ihnen eine Quittung.«

»Nehmet Se's no.«

16

Das fünfstöckige Haus, in dem Doris wohnte, hatte vergangenes Jahr einen neuen Anstrich bekommen. Das helle Gelb machte das Gebäude entschieden freundlicher. Was aber in Reiches Augen die Wohnung besonders aufwertete, war die Tatsache, dass die Eisenbahnlinie in der Nähe stillgelegt worden war.

Frau Burger war mit ihren Söhnen endgültig ausgezogen und hatte Doris einen Schlüssel für die Wohnung dagelassen, »damit Sie die Zimmer ausmessen können«, wie sie sagte.

Doris und Paul gingen hoch, um sich in den leeren Räumen umzusehen und zu überlegen, wie die einzelnen Zimmer aufzuteilen wären. Als sie nebeneinander auf dem Balkon standen und hinüberschauten zu den Schrebergärten, fasste Doris nach seiner Hand. »Gefällt dir …« Sie zögerte ein wenig. »Gefällt dir unsere Wohnung?«

Er sah sie an und nickte lächelnd.

Sonntagabend rief Ingrid an. »Ich muss mit dir über unsern Vadder reden.«

»Ist was passiert?« fragte Reiche erschrocken.

»Nichts Schlimmes. Ich hab mit Frau Weber telefoniert.«

»Wieso, was war?«

Am anderen Ende schwieg Ingrid.

»Bist du noch da?«

»Ja.« Ihre Stimme hatte einen seltsamen Klang. »Denkst du auch manchmal daran, dass er vielleicht bald stirbt?«

Das waren ungewöhnliche Töne von seiner Schwester.

»Ja – also – eigentlich – ich meine …« Paul räusperte sich verlegen.

»Dass er dann nicht mehr da ist?!« Ingrid putzte sich geräuschvoll die Nase.

»Inge! Sag, was los ist!« Reiche wollte das Thema Sterben nicht weiter vertiefen. »Was hat die Weber erzählt?«

»Er hat sich in letzter Zeit öfter übergeben und sie konnten es sich nicht erklären. Sie wollten schon den Arzt rufen.«

»Ja – und?«

»Bis sie draufgekommen sind.« In ihrer Stimme klang ein leises Lachen an. »Er hat sich regelmäßig zu viel Süßstoff in den Kaffee. Oft ein halbes Dutzend und mehr von diesen Pillen. Und weil man ihn angehalten hat, seine Tasse immer leer zu trinken, hat er die Pampe brav runtergeschüttet. Und musste anschließend brechen.«

»Ach Gott«, murmelte Reiche.

»Außerdem …« Jetzt lachte Ingrid. »Wenn es nicht so traurig wäre …«

»Was noch?«

»Er klaut.«

Jetzt lachte auch Reiche. »Ich weiß.«

Ingrid kicherte. »Er lässt beim Mittagessen das Besteck mitgehen. Vorher putzt er es an seiner Jacke ab …«

»Kein Wunder, so wie die aussieht.«

»Und verstaut's in seiner Aktentasche. Daheim klaubt es

dann die Gabelsbergerin, wenn sie ihn am Morgen abholt, wieder aus seiner Besteckschublade.«

»Klauen tun, scheint es, viele alte Männer.«

Ingrid schwieg. Dann sagte sie: »Wann besuchst du ihn wieder mal?«

Paul ging am Montag eine Stunde vor der angesetzten Besprechung ins Kommissariat. Er verschanzte sich hinter seinem Schreibtisch, schrieb das fällige Protokoll und ging noch einmal die Akte durch. Er wollte jetzt von niemandem angesprochen werden. Aber die Gefahr bestand ohnehin nicht, denn die Stimmung im Büro war miserabel. Jeder wurstelte an seinem Schreibtisch vor sich hin.

Als Hoffmann den Raum betrat, war klar, dass auch der Kriminalrat in gereizter Verfassung war. Sein nervöses Räuspern war ein untrügliches Zeichen.

»Was hat die Überprüfung der Alibis ergeben?« fragte er ohne jede Einleitung.

Schmidt sagte – er schien als einziger unbeeindruckt von der allgemeinen Stimmung –, dass sich bislang alle Angaben der Betroffenen bestätigt hätten.

»Ungewöhnlich«, knurrte Hoffmann. »Herrschaften!« sagte er dann unvermittelt, »irgendwie vermisse ich hier den notwendigen Biss!« Er schaute düster in die Runde. »Ich hab das Gefühl, das alles dümpelt nur so vor sich hin.« In das Schweigen hinein fügte er hinzu: »Ich weiß, unsere Arbeit, das ist das Bohren dicker Bretter, aber auch da gibt es verschiedene Laufgeschwindigkeiten.« Er sah auf eines seiner Kärtchen, die er zur Besprechung immer in der Hand hatte. »Was ist mit diesem Unternehmen, welches das Hotel baut, beziehungsweise betreibt?«

»Ich bin dabei«, sagte Kommissarin Fehrholz.

»So, na, das ist schön.« Hoffman zog ironisch die Brauen hoch. »Und – gibt es schon irgendwelche Erkenntnisse?«

»Bis jetzt nichts Auffälliges.«

»Außerdem«, fuhr der Kriminalrat fort, »ist unter Umständen der Einblick in die finanziellen Verhältnisse Wielandts von Nutzen.«

»Dazu brauchen wir ein staatsanwaltliches Auskunftsersuchen«, meldete sich Schubert.

»Ach was!« Hoffmann winkte ab. »Das ist doch nur eine einfache Kontoauskunft. In der Regel geht das auf dem Land auch so.«

»Ich kümmere mich drum«, sagte Schubert.

Hoffmann deutete mit seinen Karteikarten in die Runde. »Ich möchte, dass jeder noch mal bei sich die Fakten durchgeht, vielleicht findet er einen neuen Ansatzpunkt.«

»Und wenn du denkst es geht nicht mehr«, deklamierte Hettich, »kommt von irgendwo ein Lichtlein her.«

Alle schauten auf den Kommissar, der für seine zweifelhaften Sprüche bekannt war. Der Kriminalrat fixierte ihn. »Dann mach mal dein Licht an!« sagte er grimmig.

»Apropos Gedichte«, meldete sich Reiche. »Ich hab mir noch mal Wielandts Zimmer angeschaut und dabei dieses Buch gefunden.«

Er ließ den schmalen Gedichtband, den er inzwischen bei der Spurensicherung wieder abgeholt hatte, herumgehen.

»Barock-Gedichte«, sagte die Fehrholz. »Hätt' ich jetzt bei dem Alten nicht vermutet.«

»Wir kennen ihn eben nicht«, murmelte Schubert.

»Fulton, ein englischer Name«, bemerkte Schmidt, als er das Deckblatt aufschlug.

»Vielleicht aus einem Antiquariat«, sagte Monika Maiwald. »Möglicherweise hat das was mit der ominösen Freundin zu tun.« Sie blätterte. »Hört mal:

Albanie / gebrauche deiner zeit / Und laß den liebes-lüsten freyen zügel / Wenn uns der schnee der jahre hat beschneyt / So schmeckt kein kuß / der liebe wahres siegel / Im grünen may grünt nur der bunte klee. Albanie.«

»Hä?« machte Hettich.

Hoffmann räusperte sich. »Wie auch immer. Wir wollen uns da jetzt nicht verlieren. Aber alles kann eine Spur sein.«

Als die Besprechung zu Ende war, gab Reiche von Barden das Buch. »Was fällt dir dazu ein?«

»Der Name des ehemaligen Besitzers.«

Paul sah seinen Kollegen fragend an.

Von Barden tippte auf den Umschlag. »Das ist ja eine ganz spezielle Lektüre.«

»Eben. Wer liest sowas?«

Von Bardens Augenbraue ging nach oben. Er lächelte. »Jemand, der Germanistik studiert.«

»Mensch, ja!« rief Reiche und boxte den anderen auf den Arm.

»Ist nur eine Idee.«

»Aber eine gute!« Sie blieben vor dem Wasserspender stehen. Während Reiche Wasser in die spitze Tüte laufen ließ, sagte er: »Kümmerst du dich drum? Vielleicht studiert der Typ ja noch an der Uni.«

Martin nickte. »Und du?«

»Ich hab das Gefühl, ich muss noch mal zur Baustelle.«

Auf der Fahrt ging Reiche das Barock-Büchlein nicht aus dem Sinn. Da er einige der Gedichte gelesen hatte, kam es ihm noch erstaunlicher vor, dass Leo Wielandt den Band gekauft hatte. Aber vielleicht war er ihm ja auch geschenkt worden. Von *Larry Fulton*? Plötzlich ging dem Kommissar durch den Kopf: Sollte Wielandt schwul sein? Oder schwul geworden sein? Das würde die große Anstrengung erklären, mit der er seinen erotischen Kontakt vor einer Entdeckung schützte.

Aber das waren alles nur Spekulationen. Es war leicht, sich in allen möglichen Deutungen zu verlieren. Er kannte das. Später zeigte sich, es hatte mit der Realität nichts zu tun und entpuppte sich dann in seiner ganzen Banalität: die brennende Lampe hatte man einfach vergessen auszumachen und das Treffen in Freiburg zwischen Stefan und Petra war nichts weiter als das Treffen zwischen zwei erwachsenen Menschen, die den Streit ihrer Eltern satt haben …

Schon von weitem sah der Kommissar, dass auf der Baustelle wieder gearbeitet wurde. Es herrschte reger Betrieb. Lieferwägen verschiedener Handwerksfirmen standen vor dem Hotelneubau, es wurde gesägt, gehämmert, geschweißt und gefräst. Der Kran bewegte sich knackend, und über der unbefestigten Zufahrtsstraße lag eine dünne Staubwolke.

Paul begriff, dass der *Tatort* verschwunden war. Das hier war nur noch eine typische Baustelle und nichts deutete mehr daraufhin, dass hier vor mehr als einer Woche etwas Schreckliches geschehen war.

Er rief Breitbach auf dem Handy an, um sich mit ihm im Waldcafé zu verabreden. »Ich bin schon hier«, meldete sich der Lehrer.

»So früh am Tag?«

»Was heißt früh? Es ist halb zwölf.«

Paul fragte sich, warum er sich eigentlich mit Breitbach verabredete. Vor einer Stunde hatte er es noch nicht vorgehabt. Aber von dem kurzen Besuch an der Baustelle fühlte er sich auf eine unangenehme Weise ernüchtert, so, als habe ihm jemand etwas weggenommen. Der Kommissar gestand sich ein, dass er im Moment nicht weiter wusste. Die Begegnung mit Breitbach, hoffte er, würde ihn entspannen. Etwas Abstand tat gut. Andererseits war Breitbach auch wieder nicht zu weit von dem Fall entfernt.

Der Lehrer saß im Garten des Waldcafés. Reiche gefiel, dass er hier im Freien, unter den großen Kastanienbäumen Platz genommen hatte. Die Sonne zeigte sich nur selten, aber es war auch im Schatten noch angenehm warm.

Breitbach hatte ein Kreuzworträtsel vor sich und das unvermeidliche Glas Tee. Er sah auf. »Hauptstadt von Togo?«

Paul setzte sich. »Sie sind doch der Lehrer.«

»Hauptstadt von Togo …« Breitbach schüttelte den Kopf. »Ich komm nicht drauf. Dabei war Togo mal ne deutsche Kolonie …«

»Lome«, sagte Reiche.

Breitbach nahm seine Hornbrille ab. »Ja! Das wissen Sie? Unglaublich!« Er füllte die Kästchen aus.

»Geographie war mal meine Stärke«, sagte der Kommissar.

»Bitte?« Der Kellner mit den langen Koteletten stand am Tisch.

»Einen Kaffee bitte.«

Um diese Zeit saßen erst wenige Gäste an den Tischen, die noch gar nicht alle gedeckt waren. Zwei Tische weiter saß ein altes Ehepaar, ihnen zu Füßen ein Hund mit einem roten Halstuch um. Der Mann las der Frau etwas aus der Zeitung vor.

Breitbach schob das Heft mit dem Kreuzworträtsel zur Seite. Er holte seine Pfeife aus der Pfeifentasche und begann sie langsam zu stopfen. »Hat Ihr Erscheinen hier mit Ihrer Arbeit zu tun?«

Reiche seufzte. »Ich brauche einfach eine kleine Pause.«

Breitbach steckte den Tabak in Brand und stieß paffend dicke Rauchwolken aus. »Da sind Sie hier richtig.«

Tatsächlich strahlte die ganze Umgebung eine ungewohnte Ruhe und Gelassenheit aus. Es war still, bis auf die Schritte der Kellner im Kies und das Zwitschern der Vögel.

René brachte den Kaffee und fragte: »Wollten Sie Süßstoff?«

Paul lachte. »Nein, danke. Der soll ja überhaupt nicht gesund sein.«

Der Kellner sah ihn irritiert an und ging.

Breitbach schwieg und schaute dem Rauch seiner Pfeife

nach. Es verbreitete sich jener eigentümliche Tabaksgeruch, der Reiche an seinen Onkel Simon, den Uhrenschildermaler, erinnerte.

Der Kommissar trank einen Schluck Kaffee. »Was fällt Ihnen ein, wenn Sie an Wielandt und Amerika denken? Spontan, ohne nachzudenken.«

Der Lehrer sah ihn überrascht an. Dann zuckte er mit den Schultern und schüttelte den Kopf. »Mir fällt nichts ein.« Und fügte gleich darauf hinzu: »Doch! Diese Nichte. Wie hieß sie gleich?«

»Sandra Wielandt.«

»Genau, Sandra. Ihre Eltern sind bei einem Verkehrsunfall ums Leben gekommen. Die Wielandts haben sie praktisch aufgezogen.« Breitbach nahm seinen Pfeifenstopfer und drückte den Tabak nieder. »Soviel ich weiß, ist sie irgendwann als Austauschschülerin in die USA.«

»Und geblieben?«

»Nein, nicht gleich. Aber sie ist nach dem Abitur wieder 'nüber. Ich glaube, dem Wielandt war das nicht recht. Er hing wohl an dem Mädchen.«

»Kannten Sie sie?«

»Vom Sehen. Sie ging ja nicht in meine Schule. Vor zwei Jahren war sie zu Besuch hier, zusammen mit einer Freundin.« Er grinste. »Ich hätte sie beinahe nicht wiedererkannt.«

»Warum?«

»Sie wog zwanzig Kilo mehr.« Er machte eine unbestimmte Handbewegung. »Naja, vielleicht auch nur fünfzehn Kilo. Sie hat sich offensichtlich die ganzen Jahre amerikanisch ernährt.«

»Und sie ist dann wieder zurück?«

Breitbach nickte. »Nach ein paar Wochen, schätze ich. Soviel ich weiß, studiert sie drüben.« Er lehnte sich in seinem Stuhl zurück und sah Reiche fragend an.

Der Kommissar zuckte die Schultern. »Irgendwie gehört sie ja wohl auch zur Familie.«

17

Als von Barden vor der Tür stand, wusste er immer noch nicht, ob er richtig war. Auf dem Namensschild neben der Klingel waren drei Namen untereinander geschrieben: *Schindler, Kubelik, Van Than*. Er hatte eine Schnitzeljagd nach Namen und Adressen hinter sich. Larry Fulton hatte tatsächlich an der Freiburger Uni Germanistik studiert, aber er war an der Universität nicht mehr eingeschrieben. Doch seine alte Adresse war noch in den Unterlagen.

Nachdem er zwei Mal geläutet hatte, wurde nach einiger Zeit die Tür geöffnet. In der Tür stand eine schlanke junge Frau in einem dunkelblauen Morgenmantel, den sie an der Brust zusammen hielt.

»Ich hätte gern Herrn Fulton gesprochen.«

Sie runzelte die Stirn. »Herr Fulton wohnt nicht mehr hier.« Sie schaute ihn von oben bis unten an. »Wer sind Sie?«

Während er nach seinem Ausweis suchte, sagte er: »Von Barden.«

»Von wem?«

Er musste lächeln. »Kriminalpolizei«, sagte er und hielt ihr den Ausweis hin. »Von Barden mein Name.«

Sie warf einen Blick auf den Ausweis. »Und was wollen Sie?«

»Sie sind …« Er schaute noch einmal auf das Klingelschild. »Frau Schindler?«

»Simone Schindler, ja.«

»Darf ich reinkommen?«

Sie trat zur Seite. Es war eine Altbauwohnung mit einem langen Korridor. Neben einer Tür, die mit einem Buntstiftgekrakel verziert war, lehnte ein Kinderlaufrad, daneben waren Kinderschuhe an die Wand geschoben.

Sie führte ihn in die Küche, der man ansah, dass sie von einem Kind mit benutzt wurde. Auf dem Boden lagen Spielsachen, angebrochene Chipstüten und verkrumpelte Socken. An den Wasserhahn über der Spüle war ein Luftballon gebunden. Der Küchentisch war vollgestellt mit Tassen, Tellern, Milchtüten und Jogurtbechern.

»Ich war bis letzte Woche im Krankenhaus«, sagte Simone Schindler und räumte einen Stuhl frei. »Setzen Sie sich.«

Er sah sie an. »Was Ernsthaftes?« fragte von Barden. »Ich meine, weil Sie im Krankenhaus waren?« Ihr schmales Gesicht mit der hohen Stirn war auffallend bleich.

»Sie haben mir den Blinddarm raus.«

Von Barden vergewisserte sich, dass die Sitzfläche sauber war und nahm Platz. »Dann sind Sie quasi noch rekonvaleszent.«

Sie strich sich mit einer nervösen Bewegung die langen Haare hinter die Ohren. »Ja.«

Draußen an der nahe gelegenen Ampel legten die kleinen und großen Autos den Gang ein, der Verkehrslärm schwoll an. Simone Schindler ging zum Fenster und schloss es.

Während sie den Wasserkocher füllte, fragte sie: »Was wollten Sie von Herrn Fulton?« Sie drehte sich um. »Möchten Sie auch einen Kaffee?«

»Gern.«

Sie schaufelte in die noch nassen Tassen je zwei gehäufte Löffel Pulverkaffee. Ohne von Bardens Antwort abzuwarten, sagte sie: »Larry ist vor einem Jahr wegen einer Erbschaftssache in die Staaten zurück.«

»Sie waren mit ihm ... eng befreundet?«

Sie goss das heiße Wasser in die Tassen und kam an den Tisch. »Ja, aber wir waren vor seiner Abreise schon kein Paar mehr.«

Ihm fiel auf, wie langsam und vorsichtig sie sich setzte und dabei die Hand an die Seite presste.

Von Barden schaute sich im Raum um. »Sie teilen die Wohnung noch mit anderen?«

»Mit einer Freundin, der Rebekka und dem Flori und einem vietnamesischen Studenten.«

Wie sie ihm so gegenüber saß, die braunen Augen neugierig auf ihn gerichtet, erinnerte sie ihn an eine Tänzerin. Alles an ihr war lang und mager. Jetzt, da ihre Ohren frei lagen, fand von Barden, dass sie ausnehmend schöne Ohren hatte.

»Warum wollen Sie das alles wissen? Ich meine, was wollten Sie von Larry?« Sie musterte ihn unverhohlen. Für einen Polizisten, fand sie, war dieser junge Mann entschieden zu elegant gekleidet.

Der Kommissar probierte einen winzigen Schluck Kaffee. Er war so schrecklich, wie er vermutet hatte. »Im Zuge einer Ermittlung brauchen wir eine Auskunft von Herrn Fulton.«

»Was für eine Auskunft?«

Der Kommissar ging auf ihre Frage nicht ein. »Herr Fulton hat also definitiv sein Studium abgebrochen?«

Sie zuckte mit den Schultern.

»Sie studieren ebenfalls Germanistik?«

»Nein. Pharmazie.«

Von Barden zog den Barock-Band aus der Tasche und legte ihn auf den Tisch. »Kennen Sie dieses Buch?«

Mit ihren langen dünnen Fingern nahm Simone Schindler das Buch und strich die Folie glatt. »Ja, es gehörte Larry.« Sie schaute die Rückseite an. »Woher haben Sie es?«

Von Barden lächelte freundlich. »Kannten Sie Leo Wielandt?«

Sie legte den Band auf den Tisch zurück. »Ist das der Bauer, der ums Leben gekommen ist?«

»Woher wissen Sie das?«

»Es stand in der Zeitung.« Sie nahm den dampfenden Kaffeepott in beide Hände und trank einen Schluck.

»Kannten Sie ihn?« wiederholte von Barden die Frage.

Das Gesicht noch über der Tasse, sah sie ihn an. »Nein, woher hätte ich ihn kennen sollen?«

Der Kommissar holte sein Notizbuch hervor und legte es vor sich hin. Es entstand eine Pause.

Mit einer schnellen Bewegung warf sie ihre Haare zurück. »Jetzt verraten Sie mir endlich, was das alles mit Larry Fulton zu tun hat?«

Von Barden kritzelte etwas in seine Kladde. »Kannte Fulton Leo Wielandt?«

»Woher soll ich das wissen?« Ihre Stimme klang ärgerlich.

»Sie waren doch mit ihm befreundet, Sie haben zusammen gewohnt.« Der Kommissar steckte seine Kladde wieder ein.

»Ich kann mir nicht vorstellen, dass er diesen Bauern kannte. Hier bei uns war er jedenfalls nie.« Sie hustete und presste dabei die Hand an die Seite. »Ich glaub, ich muss mich wieder hinlegen.« Sie lächelte matt.

Nachdem der Kommissar gegangen war, zündete sich Simone in der Küche eine Zigarette an. Sie rauchte nur sporadisch, zu besonderen Anlässen. Sie versuchte ihre Gedanken zu ordnen.

Was hatte es zu bedeuten, dass die Polizei nach Larry fragte? Was hatte er mit Leo Wielandts Tod zu tun? Sie hatte zufällig, als sie gestern nach Hause kam, in einer alten Ausgabe der Zeitung von Wielandts ungewöhnlichem Tod gelesen. Ihr erster Impuls war gewesen, Vera gleich anzurufen. Aber dann fühlte sie sich noch nicht stark genug. Außerdem war ja Benno da und vielleicht war es erst einmal besser, die beiden allein zu lassen, um mit den Geschehnissen fertig zu werden.

Simone gestand sich aber auch ein, dass sie verschnupft war. Vera hatte sich während ihres ganzen Aufenthalts in Berlin nicht gemeldet. Am dritten Tag nach der OP hatte Simone ihr Handy wieder eingeschaltet, aber es war kein Anruf von Vera gekommen. Die wusste also nicht einmal, dass sie im Krankenhaus gewesen war. Gut, sie selbst hatte sich auch noch nicht gemeldet. Aber das Heimkommen und dass sie sich wieder an die nervöse Rebekka und das laute Kind gewöhnen musste, hatte sie angestrengt.

Was hatte es mit diesem komischen Buch auf sich? Offenbar, soviel begriff Simone, gab es eine Verbindung zu Leo Wielandts Tod. Aber wie kam die Polizei zu diesem Buch?

Sie zündete sich noch eine Zigarette an und wählte Veras Nummer. »Hi! Hier ist Simone …«

»Das war Gedankenübertragung, Sweatheart, gerade wollte ich dich …«

Simone fiel ihr ins Wort. »Wir müssen uns unbedingt sehen.«

»Klar, aber ich bin ja erst gestern zurückgekommen. Eigentlich wollt ich dich von Berlin aus mal anrufen, aber es war einfach zu viel los. Du, ich sag dir, Berlin ist wirklich toll. Und Corinnas Hochzeit war einfach geil. Ich hätte nicht gedacht, dass ich als Trauzeuge …«

»Hast du schon mit Benno gesprochen?«

»Mit Benno? Nein, wieso?«

»Hast du ihn noch gar nicht gesehen?«

»Der war gar nicht da. Find ich schon komisch, aber du kennst ihn ja. Hat einen Zettel hingelegt, er ist wieder mal Gleitschirmfliegen. Auf seinem Handy hab ich ihn auch nicht erreicht, ist nur die Mailbox an.«

Simone begriff, dass Benno noch gar nicht mit Vera gesprochen hatte! Mein Gott, die hatte keine Ahnung, die wusste von nichts!

Da war wieder dieses Ziehen im Unterleib, sie musste sich anstrengen, um nicht zu husten. »Kannst du gleich kommen? Zu mir?«

»Was ist los? Du klingst so komisch …«

»Ich war im Krankenhaus.«

Erschrockenes Schweigen. »Mensch Sweatheart!«

»Sie haben mir den Blinddarm raus. War ne akute Blinddarmentzündung.«

»Aber warum hast du …« Vera unterbrach sich. »O fuck! Ich vergnüg mich in Berlin, während du … Und jetzt, wie geht's dir?«

»Soweit alles in Ordnung.«

Reiche hatte sich gerade von Breitbach verabschiedet und war ins Auto gestiegen, als sein Handy zum zweiten Mal klingelte. Das erste Mal war es Schmidt gewesen, der Bernhard Sontheimers Alibi bestätigte. Der Glasermeister hatte tatsächlich per Telefon die Nachbarn der Auswanderer erreicht und die hatten seine Anwesenheit bei der holländischen Polizei bescheinigt.

Er sah auf das Display, es war seine Schwester.

»Ja, Inge?«

»Der Vadder ist wieder mal verschwunden.«

»Seit wann?«

»Die Gabelsbergerin wollte ihn heute Früh wie immer vom Hof abholen, aber da war er nicht. Sie hat überall gesucht, im Haus und in der Nachbarschaft und rumgefragt, aber niemand hat ihn gesehen.«

Es passierte in Abständen immer wieder, dass Josef Reiche verschwand. Und er war immer wieder gefunden worden.

»Kann er sich nicht in Richtung Tagesstätte aufgemacht haben?« fragte Paul.

»Vielleicht ist er noch unterwegs …«

»Wäre möglich.«

Schweigen am anderen Ende der Leitung. Dann fragte Ingrid: »Und – was jetzt?«

»Ich kümmere mich drum.«

»Meinst du, es ist ihm was passiert?« Schon lange nicht mehr hatte Reiche seine große, starke Schwester so unsicher und ängstlich erlebt.

»Glaub ich nicht.« Dann fügte er hinzu: »Aber wir werden ihn wohl bald ganztags im Heim lassen müssen. Er kann nicht mehr allein leben.«

Ingrid seufzte. »Er wird daheim bleiben wollen. Du kennst ihn ja.«

»Aber auf Dauer geht es so nicht weiter. Was ist, wenn sich sein Zustand verschlechtert?«

Ingrid wurde laut. »Nun hör aber auf! Du redest es ja förmlich herbei!«

»Ich bitt dich, das ist doch Unsinn!«

»Manchmal hab ich das Gefühl, du willst ihn möglichst schnell …« Sie brach ab.

»Inge, spinnst du? Was ist los mit dir?«

Es entstand ein gespanntes Schweigen.

»Entschuldige …« Sie schnäuzte sich. »Ich komme mir so hilflos vor, wenn ich an ihn denke.«

»Ich mach mir doch genauso viel Sorgen«, sagte Paul versöhnlich.

»Ich weiß …« Und nach einer Pause: »Du suchst ihn jetzt?«

»Bin schon unterwegs …«

Reiche rief von Barden an. Der Kollege hörte nicht zum ersten Mal, dass Pauls Vater abhanden gekommen war und der Hauptkommissar nach seinem entlaufenen Vater suchen musste. Er hatte Verständnis dafür, dass diese Suche im Moment vorging. Bis jetzt war das zwischen ihnen immer vertraulich behandelt worden, das Kommissariat hatte nie etwas davon erfahren.

Martin von Barden erzählte in Stichworten vom Besuch bei Simone Schindler. »Das sieht nach einer Spur aus«, bemerkte Reiche.

»Sie sagt nicht die Wahrheit. Irgendwas ist da noch. Aber ich hab sie vorerst gelassen. Sie ist grad erst operiert worden.«

»Gut. Schau mal, ob über sie was in unserem Computer ist.«

»Soll ich nicht besser nach deinem Vater mitsuchen?« fragte von Barden.

»Lass mal. Ich versuch's erst allein. Weit kann er nicht sein.«

Er rief die Gabelsbergerin auf dem Handy an. Die Frau war immer noch aufgeregt und schilderte dem Kommissar, wo sie überall gesucht hatte. Nichts habe sie ausgelassen, den Schuppen nicht und nicht die Scheune. »Der isch nemmeh im Hof, des woiß i. Der isch fort, aber wohi?«

»Sagen Sie, Frau Gabelsberger, hat sich mein Vater am Morgen noch selbst angezogen?«

»Ja freili. Wann i'hn gholt hab, war er immer scho fertig. Nur d'Schuh hab i' ihm als no zubinde müsse.«

Paul sagte, er werde jetzt selbst zum Hof nach Auerswies fahren und noch einmal nachsehen. Wenn das erfolglos bleibe, müsse man die Kollegen von der Schutzpolizei hinzuziehen.

Die Abstände, in denen Reiche den elterlichen Hof aufsuchte, waren in den letzten Monaten immer größer geworden. In das alte Haus zu gehen, bedrückte ihn. Und er ging da auch nur hin, wenn es einen Grund gab – so wie jetzt.

Er stieg aus dem Wagen und betrat den Hof, der ihn, wie ihm schien, mit abweisendem Schweigen empfing. Wie um die Situation zu verdeutlichen, hatte sich eine massige Wolkenbank vor die Sonne geschoben. Es war, als wolle die Düsternis unterstreichen, dass die Gebäude mehr und mehr verfielen.

Reiche durchsuchte alle Zimmer im Wohnhaus, auch die im ersten Stock, die größtenteils abgeschlossen waren. Überall gab es Staub, Spinnen, Mäusedreck. Die stumpf gewordenen Möbel standen seltsam schwer, als seien sie im Boden festgeschraubt. Er sah auf den Dielen auch Fußspuren, aber dann wurde ihm bewusst, dass es die der Gabelsbergerin sein konnten. Er wusste selbst nicht, wieso er diesen Kontrollgang machte.

Und doch – als er wieder in der Küche war, die immer ihre Wohnküche gewesen war, war er seltsam berührt vom Anblick der alten Sachen, des vertrauten Geschirrs, des zerschrammten Küchentischs, der abgewetzten Eckbank. Eine der alten Tassen mit einem Löffel drin stand allein auf dem Tisch wie ein Zeichen für die Einsamkeit des Bewohners. Plötzlich überfiel den Kommissar eine unerklärliche Liebe zu diesem knorrigen, mürrischen alten Mann, der hier ein

Leben lang gewohnt hatte. Zugleich überkam ihn die Angst, es könnte ihm wirklich etwas passiert sein.

Auch das Absuchen von Schuppen, Scheune, Keller und dem alten Stall brachte nichts. Was er auch hier sah, waren nur die verschiedenen Stadien von Verdreckung und Verfall. Paul setzte sich auf die Steinbank neben dem von einem Kirschlorbeer zugewucherten Backhäuschen und starrte vor sich hin. Er wusste, dass er es mit schierem Nachdenken nicht erzwingen konnte. Er musste sich bewegen.

Er ging zum Briefkasten neben der Eingangstür und schloss ihn auf. Als ihm neben den vielen Werbeprospekten eine Reklamekarte in die Hand fiel, kam ihm eine Idee.

Er stieg in seinen Wagen und fuhr ins Dorfzentrum und von dort in die Straße, die zum Friedhof führte. Er hielt vor dem Haus, dessen Front mit grauen Eternitplatten abgedeckt war und ging an der Hausseite die paar Stufen zum Eingang hoch. Von hier konnte er, wenn er sich vorbeugte, in das Fenster neben der Tür sehen. Es war, wie er wusste, das Küchenfenster. Er schaute hinein. Am Tisch saßen der Ketterer-Toni und sein Vater. Toni hatte seine Postkarten ausgebreitet und deutete auf die verschiedenen Exemplare. Der Vater hatte sich vorgebeugt und hörte offenbar interessiert zu. Reiche klopfte an die Scheibe.

»Mensch, wir suchen dich!« rief Paul, als er in Ketterer-Tonis Küche stand.

Josef sah kurz von der Ansichtskarte auf, die er in der Hand hielt. »Ihr braucht mi net suchn.«

»Du warst nicht daheim, als dich die Gabelsbergerin abholen wollte!«

Der Ketterer-Toni sah Paul an, als würde er erst jetzt begreifen, um was es geht. Er hob wie ein Lehrer die Hand. »Keiner geht verloren«, sagte er.

Reiche fiel auf, wie unerträglich heiß es in der Stube war. Er drehte sich um und bemerkte, dass in dem alten Küchenherd, einem jener uralten Exemplare mit Griffstange und Wasserschiff, tatsächlich ein Feuer brannte. Im Hochsommer! Ketterer-Toni, der seinen Blick bemerkte, brummte: »I hab's gern überschlagen.«

Josef hielt Paul eine Karte entgegen. »Da, der Zeppelin!« sagte er. »Den hab i noch als Kind gsehn.« Er grinste. »Du net, gell?«

Reiche war noch nicht fertig mit seinen Ermahnungen. »Vadder, du musst Bescheid geben, wenn du weggehst! Frau Weber anrufen!«

Ketterer-Toni nickte zustimmend und schob Paul einen Stuhl hin. »Hock dich her.«

Aber Reiche blieb stehen. »Danke Toni, aber wir müssen gehen.«

Josef griff nach einer anderen Karte und schaute sie interessiert an.

»Vadder, komm jetzt!«

Der Alte hob den Kopf und lächelte freundlich.

»Eile mit Weile«, verkündete Toni und verzog sein zerfurchtes, faltiges Gesicht zu einem Schmunzeln.

18

Nachdem er seine Schwester angerufen und den Vater im Haus Abendschön abgeliefert hatte, musste er noch einmal auf den Hof fahren, weil er in der Küche seine Sonnenbrille vergessen hatte. Der Ketterer-Toni hatte ihn auch nicht ohne das Versprechen ziehen lassen, demnächst noch einmal vorbei zu kommen, um seine Sammlung alter Ansichtskarten anzuschauen. Der Vater war Reiche wie selbstverständlich gefolgt – als sei der Besuch beim Ketterer-Toni was ganz Natürliches gewesen.

Auf dem Hof erreichte ihn Doris' Anruf, die ihm mitteilte, dass die Hausbesitzerin das Treffen am Abend – es sollte der Mietvertrag unterschrieben werden – abgesagt habe; sie schlage als nächsten Termin den Freitag vor.

Keine fünf Minuten später brummte erneut Reiches Handy. Es war Kriminalrat Hoffmann.

»Bist du ungestört?«

Reiche hatte gerade die Haustür abgeschlossen. »Ja.«

»Hör zu: ich möchte von Barden von dem Fall abziehen.«

»Wie bitte?«

»Wir haben eine tote Frau auf dem Gutshof oben im Altbuch. So wie es aussieht, ein Tötungsdelikt. Und Hettich ist ab dieser Woche im Urlaub. Von Barden übernimmt ab sofort die Leitung der Ermittlungen. Er weiß schon Bescheid.«

»Aber wir sind im Fall Wielandt … ich meine, wir haben eine heiße Spur.«

»Umso besser, Paul. Du selbst willst doch von der Wielandtsache nicht weg, oder?«

»Nein, natürlich nicht.« Reiche wusste, dass von Barden begierig darauf war, seine erste selbständige Ermittlung zu übernehmen. Und diese Gelegenheit war jetzt gekommen. »Aber ganz allein geht es nicht«, wandte er ein. »Ich brauche noch Unterstützung.«

»Wen?«

Reiche dachte kurz nach. »Die Maiwald.«

Während der Fahrt nach Freiburg am nächsten Morgen informierte Reiche Monika Maiwald über den Stand der Ermittlung. Sie selbst hatte die Akte noch einmal durchgelesen und mit von Barden gesprochen. Es war Paul gar nicht so unrecht, dass die Maiwald von Bardens Stelle einnahm.

Während er fuhr, schaute er kurz zu ihr hinüber. Sie war mit ihrem Handy beschäftigt und tat, als bemerkte sie seinen Blick nicht. Sie war eine schlanke, durchtrainierte Frau mit ausdrucksvollen schwarzen Augen – ein Erbe ihrer italienischen Großmutter. Es war angenehm mit ihr zu arbeiten, sie ergänzten sich; da war auch noch die alte Sympathie, eine Erinnerung an ihre Jahre zurückliegende Affäre. Sie hatten ihre kurze Beziehung ohne großes Drama beendet. Aber etwas von der Spannung von damals war geblieben. Es gab Momente, da blitzte in Monikas Augen ein Leuchten auf, wenn sie sich zufällig ansahen. Beide hatten inzwischen andere Partner; Monika war seit langem mit einem Kollegen von der Bereitschaftspolizei liiert. Doch die schöne

Vertrautheit von früher hatte sich erhalten, auch wenn keiner von beiden darüber sprach.

Außerdem schätzte Paul Monika als kompetente Kollegin, die stets Präsenz zeigte. Sie konnte auf Menschen zugehen, sich in andere einfühlen, und zugleich Abstand wahren. Sie war jemand, dem man sich anvertraute – als würden manche Leute vergessen, dass sie Polizistin war.

Simone Schindler schien nicht überrascht, dass die Polizei erneut bei ihr auftauchte. Als sie die Tür öffnete, hatte sie rechts den Clip eines MP3-Players im Ohr und in der Hand ein schnurloses Telefon. Sie trug einen glänzenden Hausanzug und hatte ihre Haare zu einem Pferdeschwanz zusammengebunden.

»Ja, ist gut, Mama, aber ich muss jetzt Schluss machen, ich krieg Besuch.«

Sie führte die Kommissare in die Küche. Die Küche sah wenig anders aus als beim Besuch Martin von Bardens. Aber der Tisch war abgeräumt worden. Jetzt standen da nur Gläser und eine Wasserflasche.

Simone Schindler nahm den Clip aus dem Ohr. »Wenn Sie sich setzen wollen …«

Als Kommissarin Maiwald Platz nahm, glitt ihre Jacke zur Seite.

Reiche war stehen geblieben. »Frau Schindler, wo waren Sie vorletzten Sonntag? Das war der Zwölfte?«

Simone Schindler starrte auf das Schulterhalfter und die Pistole, die unter Maiwalds Jacke für einen Moment zu sehen waren.

»Bitte?«

Der Kommissar wiederholte seine Frage.

»Ich bin am Elften in die Uniklinik gekommen, Verdacht auf Blinddarmdurchbruch.« Sie öffnete ihre Haare und zog das Gummi durch ihren Pferdeschwanz. »Ich bin noch am selben Tag operiert worden.«

»Frau Schindler, unser Kollege hat Ihnen ja gestern das Buch gezeigt, das Larry Fulton gehörte.« Die Maiwald hatte das Fragen übernommen. »Sie waren mit Larry Fulton befreundet.«

»Ja.«

»Sie wohnten hier zusammen?«

Die Schindler nickte.

»Dann kannten Sie doch sicher auch seine Freunde und Studienkollegen.«

»Manche, ja.«

Reiche setzte sich an den Tisch ihr gegenüber. »Uns interessiert, wie kam das Buch, das Larry Fulton gehörte, in Leo Wielandts Hände.« Er machte eine kleine Pause. »Haben Sie dafür eine Erklärung, die uns weiterhelfen könnte?«

»Es ist ja doch ein sehr spezielles Buch, kein populärer Roman, den man an jeder Ecke kaufen kann«, ergänzte Monika Maiwald.

Simone Schindler zögerte. Sie begriff, dass die Sache ernst war, sie konnte nicht länger die Ahnungslose spielen.

»Frau Schindler«, sagte Kommissarin Maiwald, »wir ermitteln in einem Tötungsdelikt. Durch das Buch gibt es eine Verbindung von Leo Wielandt zu Larry Fulton und Ihnen.«

»Wir müssen annehmen, dass Fulton das Buch Wielandt gegeben hat. Gestern sagten Sie jedoch unserem Kollegen,

Larry Fulton und Wielandt kannten sich gar nicht«, warf Reiche ein.

Monika Maiwald pochte leicht mit den Knöcheln auf die Tischplatte. »Von wem hatte Leo Wielandt das Buch, wenn nicht von Larry Fulton?«

Simone Schindler schenkte sich aus der Sprudelflasche am Tisch Wasser ein und trank. Sie sah vor sich hin. »Von Vera, nehme ich an.«

»Wer ist Vera?«

»Wie heißt sie mit vollem Namen?« wollte Reiche wissen.

»Vera Brigg. Sie studiert ebenfalls Germanistik. Kommt auch aus den Staaten.«

Reiche und Maiwald sahen sich an. Für einen Moment war es still im Raum.

»In welchem Verhältnis stand Vera Brigg zu Leo Wielandt?« fragte die Kommissarin schließlich.

»Das müssen Sie sie schon selber fragen«, sagte Simone Schindler mit leiser Stimme.

Vera Brigg wohnte in einem dreistöckigen Reihenhaus, das sich nur durch die dunklere Farbe der Dachziegel von den anderen Reihenhäusern unterschied. Eine Frau, die gerade die Haustür öffnete, ließ sie herein. Brigg wohnte, wie sie feststellten, in der Mansardenwohnung. Aber auch nach mehrmaligem Läuten machte niemand auf. Als sie die Treppe hinuntergingen, kam ihnen eine junge Frau entgegen.

»Frau Brigg?«

Die Frau, in Kapuzensweatshirt und Jogginghosen, trug

eine kleine Plastiktüte mit dem Apothekerzeichen in der Hand.

»Ja?«

Sie standen zu dritt auf dem Treppenabsatz und Reiche und Maiwald zeigten ihren Ausweis. »Wir hätten ein paar Fragen an Sie.«

Vera Brigg schaute von einem zum anderen. Sie schien nicht gleich zu begreifen. Sie hatte dunkle Ringe unter den Augen, und ihre halblangen braunen Haare wurden von einem Stirnband zusammen gehalten.

»Es geht um den verstorbenen Leo Wielandt«, ergänzte Reiche.

Die Frau schloss für einen Moment die Augen, ihre Hand griff nach dem Treppengeländer.

»Frau Brigg?«

Sie wandte sich ab und ging schweigend die Stiege hoch. Die Kommissare folgten.

Die Auskunft des Polizeicomputers war dürftig gewesen. Er sagte ihnen nichts, was sie nicht schon wussten: Vera Brigg war US-Amerikanerin und vor über zwei Jahren nach Deutschland eingereist. Sie war in der Universität eingeschrieben, studierte Germanistik. Seit eineinhalb Jahren wohnte sie unter der angegebenen Adresse.

Vom winzigen Flur in der Mansarde führte die linke Tür in die Küche, die rechte ins Wohn- und Arbeitszimmer. Vera Brigg deutete auf das Wohnzimmer, sie selbst ging in die Küche.

Unter der Dachschräge im Wohnzimmer stand ein altes Sofa mit vielen Kissen, daneben zwei Polstersessel unterschiedlicher Größe. Vor dem Dachgaubenfenster der Schreibtisch. Rechts vom Fenster gab es eine Tür, die offen stand. Zu sehen war die Schlafkammer mit dem ungemachten Bett.

Vera Brigg kam mit einem Glas Wasser und der Apothekentüte ins Zimmer und ließ sich auf dem Sofa nieder. Sie schüttete den Inhalt des Beutels auf das Beistelltischchen, öffnete eine der Medikamentenschachteln und drückte dann die Tablette ins Wasserglas. Bis jetzt hatte keiner ein Wort gesprochen.

Reiche und Maiwald standen neben den Sesseln, als warteten sie, dass sie zum Sitzen aufgefordert wurden. Vera Brigg rührte mit einem Löffel im Glas. Sie zog die Beine an den Körper, und so kauernd, umklammerte sie ihre Füße.

Sie starrte vor sich hin. Dann streifte sie mit einer langsamen Bewegung das Stirnband ab.

Monika Maiwald setzte sich vorsichtig, als dürfe sie nicht stören, in den Sessel neben der Hausherrin. Kommissar Reiche blieb an seinem Sessel stehen. Er schaute auf die Bücherwand neben der Kammertür.

Vera Brigg fixierte das Glas, in dem sich die Tablette inzwischen aufgelöst hatte; dann nahm sie es und trank es in großen Schlucken aus.

»Wir ermitteln im Todesfall Leo Wielandt«, sagte die Kommissarin.

»Ich hab es gestern erst erfahren«, murmelte Vera Brigg.

Monika ließ einige Zeit verstreichen. »Es ist jetzt sicher schwer für Sie.«

»Simone hat mich angerufen.«

Sie schwiegen. Reiche schaute auf die zusammengekauerte Frau.

»Ich bitte Sie, uns ein paar Fragen zu beantworten.« Monika Maiwald legte das Barock-Buch auf das Tischchen. »Dieses Buch gehörte Ihnen?«

Brigg nickte.

»Sie haben es Leo Wielandt geschenkt?«

»Er wollte was Persönliches von mir, das nicht auffällt«, sagte Brigg. Sie holte tief Atem, bewegte den Oberkörper in einer schaukelnden Bewegung hin und her; blickte vor sich hin.

»Sie hatten ein Verhältnis mit Leo Wielandt?«

Sie schwieg. Dann sagte sie: »Geht Sie das was an?«

»Frau Brigg, wir …«

»Ja«, sagte die Studentin.

Monika Maiwald schaute kurz zu Reiche hoch.

»Frau Brigg«, setzte Maiwald neu an, »wir müssen uns einen Einblick in das Umfeld des«, sie suchte nach dem richtigen Wort, »Betroffenen verschaffen.«

Es fiel der Kommissarin schwer, gegen die Starre der jungen Frau anzureden. Vera Brigg war hinter einem Panzer verschwunden. Alles an ihr und in ihr war auf Schutz und Abwehr eingestellt.

»Woher kennen Sie Leo Wielandt?«

Sie sagte etwas, das in einem Husten unterging.

»Bitte?«

»Ich bin mit Sandra gekommen.«

»Mit Sandra Wielandt?«

Sie nickte. »Vor zwei Jahren. Aus den Staaten. Ich bin hier geblieben.«

»Sie sind Amerikanerin, sprechen aber akzentfrei deutsch.«

»Mein Opa ist Deutscher.«

»Und über Sandra Wielandt haben Sie Leo Wielandt kennen gelernt?«

Sie murmelte etwas.

Monika Maiwald beugte sich näher zu ihr. »Ja?«

»Wir haben die erste Zeit auf dem Hof gewohnt.« Sie bewegte wieder den Oberkörper hin und her.

»Und in dieser Zeit auf dem Hof haben Sie Herrn Wielandt …«

Sie schüttelte den Kopf. »Ich wollte nichts von ihm«, sagte sie mit tonloser Stimme.

»Aber später …«

»Es war Zufall«, murmelte sie. »Wir sind uns in der Stadt begegnet. Irgendwann hat er mir Blumen geschickt.« Sie schüttelte den Kopf. »Ich hatte immer ein schlechtes Gewissen.«

»Weswegen?«

»Wegen Anna.«

Schweigen. Es war warm in der Mansarde, ungelüftet. Reiche schaute zum Fenster der Dachgaube, das geschlossen war.

»Frau Brigg, hatten Sie in letzter Zeit Streit mit Leo Wielandt?«

Reiche meldete sich. »Leo Wielandt ist am Zwölften, das war ein Sonntag, also vor gut einer Woche, ums Leben gekommen. Wo waren Sie da?«

Sie schaute langsam hoch. Es war, als würde sie Reiche erst jetzt wahrnehmen. »Ich war in Berlin. Meine Freundin hat geheiratet.«

Monika Maiwald griff in ihre Jacke und brachte eine kleine Karteikarte und einen Kuli zum Vorschein. »Bitte schreiben Sie Adresse und Telefonnummer Ihrer Freundin auf. Wir überprüfen das.«

Die Kommissarin reichte ihr das Buch als Schreibunterlage. Vera Brigg schaute es an, nahm es zögernd und legte es auf ihre Oberschenkel. Reiche und Maiwald sahen zu, wie sie mit offenbar großer Anstrengung schrieb.

»Wann haben Sie das letzte Mal mit Herrn Wielandt gesprochen?«

»Welchem?«

»Mit Leo Wielandt, wann haben Sie das letzte Mal mit ihm gesprochen?« wiederholte Maiwald die Frage.

»Freitag haben wir telefoniert.«

»Und wann sind Sie gefahren?«

»Freitag.«

»Dann hatten Sie keinen Kontakt mehr?«

»Ich hab ihn von Berlin aus angerufen, aber da …«

Tränen liefen ihr übers Gesicht. Monika reichte ihr ein Tempo.

Für einen Moment schwiegen sie.

»Ist Ihnen in letzter Zeit etwas an ihm aufgefallen, hat er …«

Vera Brigg griff sich an die Stirn. »Bitte … mein Kopf. Ich hab so Kopfschmerzen …«

19

Vor Reiches Auto blieben sie stehen.

»Die steht unter Schock«, bemerkte Maiwald.

»Ja.« Der Kommissar schaute zum Haus hoch. »Jetzt wissen wir zwar, wer Wielandts Freundin war – aber das ist auch schon alles.«

Monika Maiwald schloss den Wagen auf. »Sie war jedenfalls nicht an der Baustelle.«

»Nein. Schubert soll ihr Alibi überprüfen. Aber das ist wohl wasserdicht.« Sie stiegen ein. »Sie war's nicht.«

»Und jetzt?«

»Wenn wir schon in Freiburg sind … Ruf an und lass dir die Adresse von Benno Wielandt geben. Vielleicht ist er ja da.«

Es war ein altes, robustes Bürgerhaus mit Erkern und Sandsteinsockel, in dem Benno Wielandt wohnte. Die Wirtin, Frau Mendl, eine zierliche, weißhaarige Dame in einer Rüschenbluse, machte die Flurtür nur einen Spalt weit auf.

»Wir hätten gern Herrn Wielandt gesprochen.«

»Der isch nit da«, sagte sie mit Schweizer Akzent. »Was wollet Se von ihm?«

Monika zeigte ihren Ausweis.

Frau Mendl setzte ihre Lesebrille auf, die an einer silbernen Kette um den Hals hing. »Polizei?« Sie schaute ihren Besuch prüfend an. »Chat er sich was zuschulde komme lasse?«

»Es sind reine Routinefragen.«

»Wegge sinn Vadder, odr?« Sie schüttelte betrübt den Kopf. »So de Vadder zu verliere …«

An der Flurtür gegenüber bewegte sich der Vorhang hinter der Glasscheibe.

»Dürfen wir einen Moment reinkommen?« fragte Reiche.

Sie öffnete die Tür. »Chommet Se.«

Der Flur war hoch und dunkel. An den Wänden hingen Hirsch- und Gämsengeweihe. Es roch intensiv nach Bohnerwachs.

»Wissen Sie, wo Herr Wielandt ist?«

»I cha kei Ahnig. I bin bi minerer Schwester in Basel gsi, bin selber erscht vore Stund heimkomme.« Sie machte eine Handbewegung. »Es sin ja Semesterferie, viellicht isch er mitem Glitschirm weg, odr. Vielleicht isch er au bi sinerer Freundin.«

»Schön …« murmelte Reiche und wandte sich zum Gehen.

»Chomme Se morge widder, rufe Se vorher a, i sag em Bscheid, dass Se da ware.«

Monika Maiwald nickte. Dann fiel ihr ein: »Sie haben nicht zufällig die Adresse seiner Freundin?«

»Doch, cha i.«

Sie verschwand in einem der Zimmer.

Reiche und Maiwald schauten sich schweigend die Geweihe an.

Frau Mendl kam und reichte Monika einen Zettel.

Nachdem die Kommissarin einen Blick darauf geworfen hatte, reichte sie das Papier Paul.

Der sah sie fragend an, bevor er das Blatt nahm. Er las und schüttelte den Kopf. »Ich glaub's nicht!«

Monika Maiwald hatte an dem Reihenhaus mit der Mansarde zum zweiten Mal auf die Klingel mit dem Namen Briggs gedrückt, als das Auto um die Ecke bog und an ihnen vorbei fuhr. Es kam von dem kleinen Parkplatz an der Seite des Hauses. Reiche brauchte einen Moment, bis er schaltete.

»Der rote Golf!«

»Was?« Monika drehte sich von der Tür weg.

Reiche spurtete schon auf die andere Straßenseite zu seinem Wagen. »Komm!«

Sie folgten dem Golf, der einen ziemlichen Vorsprung hatte, aber noch auszumachen war.

»Bist du sicher, dass sie es sind?«

»Ziemlich sicher.«

»Soll ich ihn zur Fahndung durchgeben?«

Paul schüttelte den Kopf. »Wir kriegen ihn.«

Aber er ging verloren. Der Golf fuhr durch die Stadtmitte und im dichten Verkehr und im Gewirr der Ampeln und Abzweigungen war er plötzlich verschwunden.

»Was willst du machen?« fragte Monika Maiwald.

»Ich bleib auf der Strecke.« Er zuckte mit den Schultern. »Wer weiß, vielleicht haben wir ja denselben Weg.«

An einer Tankstelle fuhr er raus. »Bitte fahr du.«

Schweigend saß er neben ihr. Nach einer Weile sagte er: »Ich hab einen Fehler gemacht.«

Sie sah zu ihm hinüber. Seine Kiefer malmten, wie immer, wenn er unter Spannung stand.

»Ich hab Benno Wielandts Alibi nicht überprüft.«

Monika Maiwald sagte nichts. Beide dachten über das nach, was sie in den letzten Stunden herausgefunden hatten. Wenn sich der Kommissar nicht getäuscht hatte, fuhren Vera Brigg und Benno Wielandt im gleichen Auto. Waren sie auf der Flucht? Hatte ihnen die Amerikanerin was vorgespielt?

Monika setzte den Blinker.

»Warum biegst du hier ab?« fragte Reiche.

»Ist eine Abkürzung.«

»Mir neu«, knurrte Paul.

Kurz hinter der Ortseinfahrt von Glottertal machte die Kommissarin eine Vollbremsung und fuhr scharf rechts ran. Reiche flog in den Sicherheitsgurt.

»Bist du verrückt, was ist los?«

Die Straße vor ihnen war immer noch frei.

»Die Brigg«, sagte Maiwald mit belegter Stimme. »Drüben in dem Wartehäuschen.« Sie zeigte auf die andere Straßenseite.

Sie stiegen aus und gingen langsam auf Vera Brigg zu.

20

Seine Hände umklammerten das Lenkrad, sie zitterten noch. Der ganze Körper war in Aufruhr. Aber er zwang sich, im vorgeschriebenen Tempo weiter zu fahren. Er hatte sie geschlagen, damit sie aufhörte zu schreien. Sie hatte mit den Armen rumgefuchtelt und er hatte Angst, dass sie einen Unfall verursachten.

Er hatte nicht halten wollen, aber sie hatte schon den Sicherheitsgurt gelöst und die Tür geöffnet.

Sie hatte ihm nicht geglaubt. Er hatte versucht ihr zu erklären, wie es gewesen war, aber sie hatte immer nur den Kopf geschüttelt und sich dann die Ohren zugehalten.

Er war davon ausgegangen, dass sie das Ganze gemeinsam durchstehen. Aber sie hatte ihm nicht zugehört, sie war gleich mit Vorwürfen und Schuldzuweisungen gekommen. So kannte er sie gar nicht. Sie war ihm plötzlich ganz fremd vorgekommen.

Er hatte gehofft, sie würde ihm helfen. Aber sie konnte nicht einmal verstehen, dass er sich nicht gemeldet hatte. Dass er die Zeit gebraucht hatte, um überhaupt wieder Boden unter die Füße zu bekommen.

Sie hatte ihn im Stich gelassen. Dabei hatte er doch nur Klarheit schaffen wollen. Er hatte diesen unerträglichen Zustand beenden wollen, endlich mit der Geheimnistuerei aufhören. Das hatte sie doch auch gewollt, sie hatten oft genug darüber gesprochen. Sie selber hatte doch in letzter Zeit immer heftiger die große Aussprache gefordert. Er hatte gedacht, wenn sie nicht dabei wäre, würde es einfacher sein.

Jetzt fragte er sich, ob sie den Alten vielleicht doch noch geliebt hatte, obwohl sie immer beteuert hatte, es sei aus. Sie hatte gesagt, sie halte es nicht mehr aus mit ihm und sie müssten ihm endlich die Wahrheit sagen.

Sie hatten gleich zu streiten angefangen und dann während der ganzen Fahrt gestritten. Es war immer lauter geworden.

Davon, wie schwer es für ihn gewesen war, den Alten zu treffen, hatte er gar nicht gesprochen. Wie bedrückend das Ganze gewesen war. Über seine Angst und sein Entsetzen hatte er gar nichts sagen können. Soweit war er gar nicht gekommen. Und dass er seinen ganzen Mut hatte zusammen nehmen müssen, ihn zu treffen.

Nun war alles aus. Er musste nur noch hochfahren. Er war froh, dass er den Schirm im Auto gelassen hatte. Das Wetter war schön, am Himmel ein breites Band mit Schäfchenwolken. Die Thermik war gut.

Sie blieben zwei Schritte vor ihr stehen und warteten. Sie wirkte völlig verstört, saß zusammengekauert und starrte auf den Boden. Monika beugte sich zu ihr. »Frau Brigg …« Sie sah auf, wirkte überrascht, sie konnte sich wohl nicht erklären, wie die Kommissare sie gefunden hatten.

»Bitte, kommen Sie …« Reiche hatte den Eindruck, dass sie froh war, die beiden Polizisten vor sich zu haben. Sie gingen zum Auto, langsam, als sei sie verletzt. Monika setzte sich mit ihr auf die Rückbank. Vera Brigg hatte wie fröstelnd die Schultern zusammengezogen und murmelte etwas. Offenbar in englisch, es war nicht zu verstehen. Ihr rechtes Bein wippte in einem schnellen Takt.

Sie gaben ihr Zeit, schwiegen. Nach einer Weile sagte die Maiwald: »Können Sie uns ein paar Fragen beantworten?«

Sie hatte den Kopf gesenkt, sah auf ihre Knie.

»Der Mann im Auto, war das Benno Wielandt?«

Sie nickte.

»Sie sind hier, er ist weitergefahren, was ist passiert?«

Sie sah kurz auf. »Er ... er hat gesagt, er hat immer wieder gesagt ... I have to unterstand it ...«

Die Kommissare warteten. »Sie haben sich gestritten?«

»Gestritten«, wiederholte Brigg.

Maiwald bemerkte, dass ihre Hände zitterten.

»Frau Brigg, Sie stehen unter Schock. Sollen wir Ihnen einen Krankenwagen rufen?«

Sie schüttelte den Kopf. »Es geht schon«, flüsterte sie.

»Sie brauchen jetzt jemand, der sich um sie kümmert«, sagte Reiche. Er überlegte. »Sollen wir Simone Schindler anrufen? Hat sie ein Auto?«

Es kam keine Reaktion.

»Ich ruf sie an«, sagte er. Er hatte die Nummer gespeichert. Simone Schindler meldete sich gleich.

»Hier ist Kommissar Reiche. Es geht um Ihre Freundin, Vera Brigg. Sie braucht Hilfe. Haben Sie ein Auto, können Sie herkommen?«

»Bitte, was? Wo ist sie, wieso ... Was ist geschehen?«

»Wir sind in Glottertal, am Ortseingang. Es wäre gut, wenn Sie bald kommen könnten.«

»Ist ihr was passiert?« Simone Schindler war irritiert. »Kann ich sie sprechen?«

»Moment.« Er gab Brigg sein Handy.

Es war ein kurzes Gespräch. Vera sagte immer nur Ja und Nein, aber an ihrer Stimme erkannte die Freundin sofort, dass die Situation ernst war.

»Ich habe kein Auto«, sagte Simone Schindler, als Paul das Handy wieder hatte, »aber gerade ist Rebekka, meine Mitbewohnerin heimgekommen, vielleicht kann ich ihr Auto haben. Moment, ich frage.«

Sie bekam den Wagen.

Danach saßen sie schweigend in Reiches Fahrzeug. Der Kommissar überlegte, ob man die Amerikanerin so lange allein lassen konnte.

»Frau Schindler holt Sie.«

Ein flüchtiges Lächeln huschte über ihr Gesicht. »Danke.«

»Frau Brigg, wohin wollten Sie fahren – Sie und Herr Wielandt?«

»Er wollte hoch.«

»Hoch?«

»Gleitschirm fliegen.«

Reiche und Maiwald sahen sich an.

»Sie meinen, auf den Kandel hoch?«

Sie nickte.

Maiwald fuhr und Reiche telefonierte mit Kriminalrat Hoffmann. Er erzählte ihm, was geschehen war. Es musste der Staatsanwalt informiert werden und sie brauchten einen Haftbefehl für Benno Wielandt und einen Durchsuchungsbeschluss für sein Zimmer.

»Wo seid Ihr jetzt?« fragte Hoffmann.

»Auf dem Weg zum Kandel.«

»Ihr geht davon aus, dass er da hoch ist?«

»Wahrscheinlich.«

»Braucht Ihr Unterstützung?«

»Vorläufig nicht. Ich melde mich wieder.«

Sie kurvten durch den Wald die Serpentinen hoch.

Monika Maiwald schüttelte den Kopf.

»Was ist?« fragte Paul.

»Ich denke über die Brigg nach.«

»Und?«

»Irgendwas ist da seltsam, oder? Ich meine, wie sie reagiert. Auf mich wirkt sie wie traumatisiert.«

»Sie ist tief verstört. Wielandt und sie haben heftig gestritten. Wir wissen nicht, was da abgelaufen ist.«

Nach einer Weile sagte Monika: »Vielleicht ist das mit dem Gleitschirm eine Finte.«

Reiche zuckte mit den Schultern. »Möglich.«

Auf dem großen Parkplatz neben dem Kandel-Hotel standen etwas mehr als zwei Dutzend Autos. Vor der Rampe der Gleitschirmflieger und Drachenflieger hatten sich eine Handvoll Flieger versammelt. Auf der freien Fläche vorn waren zwei Leute dabei ihre Schirme auszubreiten, das geheimnisvolle Gewirr der Schnüre zu ordnen. Reiche ging zu der Gruppe. Er hatte nicht vor, lange Smalltalk zu machen. »Kennt jemand von euch Benno Wielandt?«

Sie musterten ihn kritisch. »Wer will das wissen?« fragte ein Mann mit Kurzhaarschnitt und einer verspiegelten Sonnenbrille.

Reiche zeigte seinen Ausweis. »Kriminalpolizei.«

Eine zierliche junge Frau, die eine Art Overall anhatte, trat näher. »Ich hab noch nie so einen Ausweis gesehen. Darf ich?«

Der Kommissar hielt ihn ihr vors Gesicht.

»Was ist mit Wielandt?« fragte der Kurzhaarige.

»War er hier?«

»Der ist vor fünf Minuten runter«, meldete sich ein Älterer.

»Sie kennen ihn?«

Der Mann wendete sich in Richtung Schanze und deutete in den Himmel, in dem man verschieden große Punkte über der Landschaft schweben sah.

»Dort der Blaue.«

In diesem Moment kam Monika Maiwald, die sich auf dem Parkplatz umgesehen hatte. »Es gibt zwei rote Golf, einen neuen und einen uralten. Ich hab die Nummern durchgegeben. Der alte gehört Wielandt.«

»Es gibt doch sicher einen offiziellen Landeplatz«, sagte Reiche. »Wo ist der?«

Es herrschte Schweigen. Dann sagte jemand: »Heimeck.«

Sie machten sich auf den Weg. Auf der Fahrt hinunter überlegte Reiche, ob sich die Spurensicherung um Wielandts Golf kümmern sollte. Er fragte sich ohnehin, wie der Flieger, wenn er unten gelandet war, wieder hoch zu seinem Auto kam. (Später erfuhr er, dass es vom Landeplatz einen Fahrdienst zum Kandel gab.)

Das Bild des grobschlächtigen Wielandt tauchte vor ihm auf, wie er das Wildschwein in den Fäusten hielt. Er hörte seine laute, aufdringliche Stimme. Sein herrschsüchtiger Umgang mit den Menschen, seine rücksichtslose Art hatte seine Familie zerstört. Und doch hatten er und seine Frau einmal in einer Gemeinsamkeit gelebt, vielleicht hatten sie sich sogar geliebt. Sie hatten zwei Kinder großgezogen, die inzwischen Erwachsene waren und die der Vater nur noch verachtet hatte. Was war geschehen, wo war der Bruch, der aus dem Mann einen bösartigen Egomanen gemacht hatte?

Kurz vor Waldkirch brummte sein Handy. Es war Hoffmann. »Wo seid Ihr?«

»Auf dem Rückweg vom Kandel. Wielandt war auf dem Kandel oben. Er ist vor ner knappen Stunde mit dem Gleitschirm losgeflogen. Das haben mir die Leute am Startplatz bestätigt.«

Es folgte eine Pause. »Erich, bist du noch da?« fragte Reiche.

Hoffmann räusperte sich. »Gerade ist die Meldung reingekommen. In der Nähe von Waldkirch ist ein Gleitschirmflieger abgestürzt.«

21

Sie saßen beim Italiener: ein Essen zur Feier der Unterschrift unter den Mietvertrag. Doris hatte ihr dunkelrotes Etuikleid mit dem tiefen Ausschnitt angezogen, Reiche trug seinen am wenigsten abgetragenen Blouson.

»Auf unsere gemeinsame Wohnung!« Doris hob ihr Glas.

Reiche lächelte. »Auf uns!«

Aber er war mit seinen Gedanken woanders.

Seit Benno Wielandts Absturz waren drei Tage vergangen. Vieles konnte in dieser Zeit geklärt werden. Schubert als Sachbearbeiter hatte den Schlussbericht erstellt. Der Fall Wielandt war aufgearbeitet und die Akte geschlossen.

Doris spürte, dass der Fall Paul immer noch beschäftigte.

Und so waren, bei Kerzenlicht und Rotwein, Leo und Benno Wielandt mit am Tisch.

»Weiß man inzwischen, ob es ein Unfall war oder …« Doris sprach es nicht aus.

Reiche stocherte lustlos in seinen Nudeln.

»Jedenfalls liegt kein Fremdverschulden vor. Irgendwas scheint mit dem Schirm passiert zu sein, etwas das die Fachleute *stall* nennen. Es kann durch die Windverhältnisse kommen, man kann es aber auch selbst auslösen.«

»Er wollte abstürzen?«

»Sieht so aus.«

»Glaubst du, er hat es von Anfang an vorgehabt?«

Reiche zuckte mit den Schultern. »Vielleicht nach dem letzten Gespräch mit seiner Freundin.«

»In der Zeitung steht, sie hatte was mit dem Vater und mit dem Sohn.«

»Den Benno hat sie erst später näher kennen gelernt. Vom Alten wollte sie schon vorher weg.«

»Und der alte Wielandt ist drauf gekommen?«

»Vielleicht hat er vermutet, dass da noch jemand ist. Aber dass es Benno war, wusste er sicher nicht. Es muss ein ziemlicher Schock für ihn gewesen sein.«

»Es kam sogar im Regionalfernsehen«, sagte Doris.

Sie aßen schweigend. Doris wusste, dass es einige Zeit brauchen würde, bis Paul wieder seinen Kopf frei bekommen würde. Der bevorstehende Umzug würde ihn ablenken, auf andere Gedanken bringen. Sie hatte keine Ahnung, was genau ihn bedrückte.

Sie sprach erst wieder, als der Espresso kam. »War es der Benno?«

Paul rührte lange in seiner Tasse.

»Sie haben sich in dem Neubau getroffen. Wir haben das Handy seines Vaters bei ihm gefunden. Was genau passiert ist …« Er machte eine vage Handbewegung.

»Und wo ist die Freundin jetzt?« fragte Doris.

»Die Brigg hatte einen Nervenzusammenbruch, sie ist in einer Klinik.«

Nach einer Pause fügte Reiche hinzu. »Die Maiwald hat noch mal die Schindler, ihre Freundin, besucht. Es hat sich rausgestellt, dass Vera Briggs Vater vor ein paar Jahren bei einem Banküberfall ums Leben gekommen ist.«

Doris schloss für einen Moment die Augen.

»Hast du den Benno gekannt?«

Reiche schwieg, drehte das Weinglas hin und her. Nach einer Weile sagte er: »Ich hab ihn nur einmal kurz gesehen, bei der Beerdigung.« Er holte tief Luft und sah Doris an: »Wer weiß, wenn ich damals rechtzeitig sein Alibi überprüft hätte …«

Roland Lang im G. Braun Buchverlag

Roland Lang
Tod eines Kuckucks
Ein Schwarzwaldkrimi
240 Seiten, broschiert
ISBN 978-3-7650-8363-1

An einem Sonntagabend donnert ein schwerer Sturm über den Schwarzwald. In einem der exquisiten Uhrenläden in der Stadt fällt ein Schuss, aber niemand hört ihn.
Danach liegt der Uhrmacher Eberhard Sebald lang ausgestreckt auf dem Parkett und neben ihm ein kleiner bunter Kuckuck. – Wer hat Sebald getötet?
Vorteile von seinem Tod haben einige. Zum Beispiel sein Stiefsohn und seine Noch-Ehefrau. Oder hat der Installateur Thiedemann beim Streit mit dem Uhrmacher die Nerven verloren?
Kommissar Reiche ermittelt mit der ihm eigenen Ruhe und Unaufgeregtheit.

Roland Lang im G. Braun Buchverlag

Roland Lang
Mord im Hirsch
Ein Schwarzwaldkrimi
240 Seiten, broschiert
ISBN 978-3-7650-8361-7

»Bei der Suche nach dem Motiv und Täter knobelt, kombiniert und recherchiert man gemeinsam mit Reiche und seinem ›adligen‹ Partner. Dabei jongliert der Autor gekonnt mit Denkansätzen und Informationen, die in immer neue Richtungen deuten. Kommissar Reiche ermittelt manchmal eigenwillig, etwas chaotisch, aber mit viel psychologischem Gespür und Einfühlungsvermögen – wenn sein Privatleben es zulässt … nette Nebengeschichten und badisches Lokalkolorit«

ka-news

Bruno Paulot im G. Braun Buchverlag

Bruno Paulot
Eine groteske Liaison
Ein Pfalz-Krimi
288 Seiten, broschiert
ISBN 978-3-7650-8595-6

An einem Sonntagmorgen wird in der Nähe eines kleinen Pfälzer Weindorfs die Leiche des Weinkommissionärs Heribert Oster entdeckt. Oster war durch sieben Schüsse hinterrücks niedergestreckt worden.
Hauptkommissar Pierre Burgstaller wird mit der Ermittlung betraut, unterstützt von zwei Kollegen und seiner Ehefrau Maria, einer früheren Kriminalbeamtin. Burgstaller erfährt, dass Oster durch betrügerische Machenschaften sieben Winzer in den Ruin und einen in den Selbstmord getrieben hat. War es ein Racheakt? Oder steckt ein ganz anderes Motiv dahinter? Gerüchte und mysteriöse Ereignisse führen die Ermittler immer wieder in die Irre.

G. BRAUN BUCHVERLAG in Karlsruhe seit 1813
Karlsruhe
www.gbraun-buchverlag.de

Titelbild: Andrea Faucheux, Karlsruhe
Satz: Annett Rücker, G. Braun Buchverlag, Karlsruhe
Lektorat: Bettina Bauer-Wörner; Natascha Matussek, G. Braun Buchverlag

ISBN 978-3-7650-8524-6

Printed in Germany